하이베르가의 대공자

하이베른가의 대공자 11

초판 1쇄 인쇄일 2024년 4월 1일 | **초판 1쇄 발행일** 2024년 4월 5일

지은이 청루연 | **펴낸이** 곽동현 | **담당편집 팀장** 이범수
편집부 정요한 김승건

펴낸곳 (주)조은세상 | 출판등록 제2002-23호
주소 서울특별시 동작구 동작대로1길 27 5층
TEL 02)587-2966 | FAX 02)587-2922
E-mail bukdu@comics21c.co.kr

청루연ⓒ2023
ISBN 979-11-391-3151-2 | ISBN 979-11-391-1964-0(set)
값 9,000원

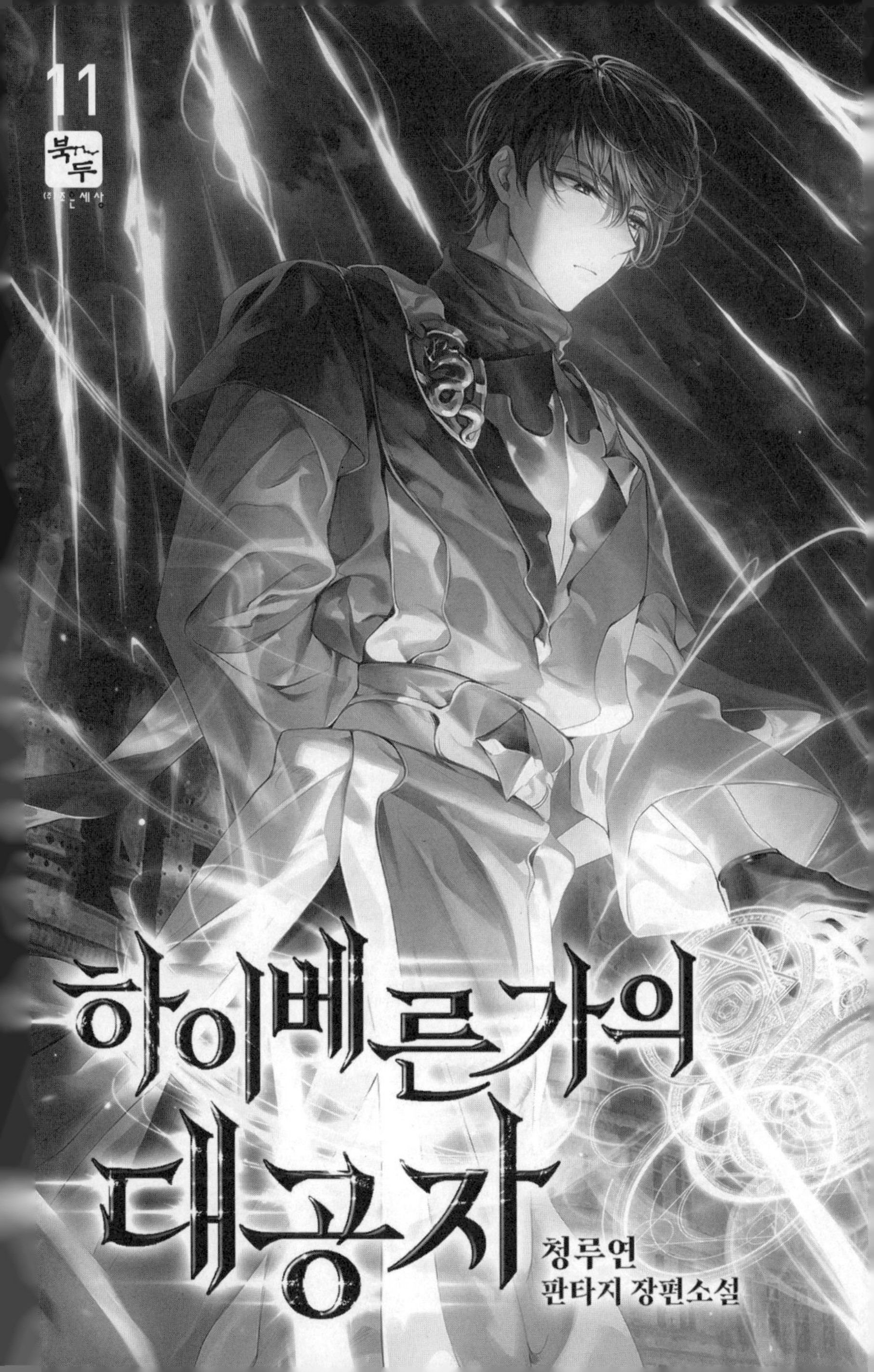
11
하이베른가의
대공자
청루연
판타지 장편소설

청루연 판타지 장편소설

FANTASY STORY

CONTENTS

Chapter. 75

초월자.

스스로의 권능으로 필멸자라는 한계마저 뛰어넘은 존재들.

그러므로 초월자로서 이 가변세계에 진입한 자들은 모두가 불사(不死)의 존재들이었다.

그럼에도 제란만 따로 불사의 군주라고 불리는 이유는 무엇일까?

그의 불사는 생명을 의미하는 것이 아니었다.

군단을 이끌고 도착한 다섯의 초월 마법사들.

초호화 아티펙트로 무장한 이면창조물 군단이 시야에 다 담지 못할 정도로 늘어서 있었다.

그러나 그들은 단 한 사람의 군주, 제란에게 가로막혀 단한 발자국도 전진하지 못하고 있었다.

외부 세계의 마장기와는 비교조차 할 수 없을 정도로 거대한 마장기도 도합 3기.

거기에 압도적인 마력을 뿜어 대는 초월 마법사가 다섯이서 있는데도, 투구 사이로 뿜어져 나오는 제란의 안광은 평온하다 못해 무의미했다.

인간의 마음을 초월한 자.

그러므로 영혼이 부서질 수 없는 자.

그의 불사란 육체를 가리켜 말하는 것이 아니라 불굴의 영혼을 뜻하는 것이었다.

제란이 기다란 흑색의 창을 사선으로 늘어뜨린 채로 무표정하게 말했다.

"의미가 없다."

모호한 표현이었지만 초월 마법사들은 일제히 얼굴을 일그러뜨리고 있었다.

아티펙트로 중무장한 이면창조물 군단과 마장기들, 그리고 자신들까지 한꺼번에 상대하면서도 아무 의미도 찾을 수 없다고 말한다는 것.

검은 투구 안 제란의 눈빛에는 어떤 변화도 없었지만 다섯의 초월 마법사들은 극도의 치욕과 경멸을 느끼고 있었다.

"모두 돌아가라."

창을 한 번 겨누지도 않고 뒤돌아서는 제란을 향해 가장 선두의 초월 마법사가 일갈을 토해 냈다.

"물러서지 마라! 불사의 군주!"

다시 뒤로 돌아 물끄러미 초월 마법사들을 바라보는 제란.

"군주?"

검은 투구 아래 제란의 입술이 처음으로 사람같이 비웃고 있었다.

내가 무얼 다스리고 있지?

신의 피조물도 되지 못한 영혼 없는 괴물들?

아니면 안정적인 물질이 한 줌도 존재하지 않는 이 가변의 세계?

그것도 아니면…… 너희들?

제란의 검은 장화가 가변세계의 푸석한 대지를 툭툭 찼다.

그의 발밑에서 피어났던 뿌연 흙먼지가 이내 투명한 바람으로 변하며 환상처럼 사라졌다. 가변세계의 전형적인 증상이었다.

"아무것도 수확할 수 없는 이 저주받은 땅에서 너희들이 내 백성이 되겠다고? 대체 무엇을 얼마나 세금으로 바칠 거지?"

제란은 이 가변세계의 초월자들이 하나같이 제정신이 아니라고 생각했다.

군주의 특권도 누리지 못하는 자들이 서로를 향해 군주라 부르고 있는 지독한 형용 모순.

순간 사방에서 물방울이 맺혔다가 아지랑이처럼 흩어졌다.

거친 바람도 하늘 위로 솟구치다 날카로운 뇌전으로 변했다.

어떤 섭리로도 설명할 수 없는 가변세계의 불규칙한 자연 현상이 계속 제란의 신경을 거슬리게 만들고 있었다.

다시 초월 마법사들을 물끄러미 쳐다보는 제란.

"내 권능으로 너희들을 처치한다고 해도 저 저주받은 괴물과 기계들은 어차피 다시 만들어질 테지. 너희들은 이번에도 내뺄 테고."

사실 군주들은 전쟁에서 패배한다고 해도 잃는 건 별로 없었다.

가장 일반적인 건 영역을 빼앗기고 영원의 마력샘에서 멀어지는 것.

치명적이라고 해 봤자 권능과 격(格)의 하락이었다.

하지만 시간이 무한인 가변세계에선 그마저도 별 의미는 없었다.

마법사 그룹의 수장, 아그네스가 한 발 앞으로 나섰다.

"그렇게도 충돌이 무의미하다고 생각된다면 그대의 영역을 내어 주시게. 우리에게 다른 목적은 없으니."

파멸학자, 아그네스.

'마법사'가 나타나기 전까지는 가변세계에서 가장 강력했던 대마도사.

검은 투구에서 흘러나온 제란의 시선이 저 멀리 보이는 영원의 마력 샘을 차분히 향했다.

그저 웃겼다.

이 가변세계에서 가장 강한 존재가 가장 강력한 마력마저 독식하고 있는 상황.

이 머나먼 외각에서 일부 흘러들어 오는 마력을 받아들이는 것만으로도 정말로 사히바를 이길 수 있다고 믿고 있는 건가? 진심으로?

모두가 헛된 망상에 미쳐 있었다.

대체 인간이, 초월자마저 초월한 신(神)이 되겠다니.

진실.

그 불가역적인 실체에 대해 조금이라도 알고 있는 제란으로서는 치밀어 오르는 화를 참기가 힘들었다.

그만큼 저들의 치열한 욕망이 허무하게 느껴진 것이다.

신의 안배가 얼마나 치밀하고 악랄한지 그토록 뼈저리게 깨달아 놓고서는 또다시 그런 헛된 망상에 빠져들다니.

저 지혜로운 마법사들마저 미쳐 버린 세계.

한편으론 그것이 이 역겨운 가변세계의 실체이리라.

"정말 신이 될 수 있다고 믿고 있나?"

갑작스런 제란의 질문.

그러나 아그네스는 말없이 두 눈에 분노만 드러낼 뿐이었다.

초월자들의 불멸?

이론상은 그랬다.

하지만 현실은 그런 이론과는 거리가 멀었다.

이 가변세계라는 지옥.

어떤 자연적인 음식도 마나도 섭식할 수 없는 이 빌어먹을 환경에선 초월자의 권능도 점차 그 힘이 사그라질 수밖에 없었다.

그 과정은 천 년이고 만 년이고 계속된다.

그 강대했던 패왕이 가변세계의 변방에서 떠도는 건 바로 이런 현실 때문.

외곽이나마 영원의 샘에서 흘러나오는 마력을 흡수하며 권능을 유지할 수 있는 놈의 말은 그저 배부른 소리로 들릴 뿐이었다.

이제는 그 격차가 마법사 그룹만으로는 감당하기 힘든 지경에 이르러 있었다.

"믿고 안 믿고는 각자의 문제네. 지금 이 자리에서 그대와 삶의 철학을 나누고 싶진 않지."

아그네스가 한 손으로 주먹을 말아쥐며 더욱 또렷하게 말했다.

"영역을 내어 주게."

공허한 제란의 눈빛.

저 마법사 놈들과 전쟁을 벌여 온 세월이 얼마인지 이제 기억도 나지 않았다.

그러나 역시 영역을 내어 주는 건 다른 문제.

자신에겐 이곳을 반드시 지켜 내야 할 이유가 있었다.

"역시 그건 싫군. 그럼 오늘도 시작하지."

"그럴 줄 알았네."

그런데 그때, 격돌 직전의 숨 막히는 정적을 뚫고 누군가의 발걸음 소리가 들려왔다.

저벅저벅.

마치 산보하듯이 여유롭게 걸어오고 있는 나체의 여인, 샤흐나였다.

"샤, 샤흐나?"

아그네스의 눈동자가 극도의 당황한 빛으로 흔들리고 있었다.

이런 전쟁의 중심에서 인류의 어머니, 샤흐나가 등장한 건 거의 처음 있는 일이었기 때문.

숨 막히도록 아름다운 여인의 굴곡, 그 마력적인 자태에 모든 초월 마법사들이 숨을 죽이고 있었다.

"전쟁을 멈추어라. 가여운 아이들아."

샤흐나의 청아한 목소리는 여신과 같은 그녀의 육체만큼이나 아름다웠다.

갑작스런 샤흐나의 등장에도 아그네스는 필사적으로 냉정을 차리고 있었다.

"지금 어머니께서는 군주들의 전쟁에 개입하고 있소. 당신께서 불문율처럼 여기던 중립의 입장을 어찌하여 어기는 것이오?"

샤흐나.

세상에 존재하는 모든 이들의 모계, 그 꼭대기에 그녀가 있었다.

그래서 그녀는 모든 군주들을 자신의 아이라 불렀다.

세상의 모든 어미가 그러하듯 자식들의 다툼에는 관여하고 싶지 않았던 것이다.

"나는 당분간 제란의 영역에서 지낼 거란다."

처음으로 구겨지는 아그네스의 표정.

"설마 이 어미를 상대하고 싶은 건 아니겠지?"

마법사들이 일제히 침을 삼킨다.

샤흐나의 권능에 대해서 아는 군주는 아무도 없었다.

지금 이곳에는 이렇게 샤흐나를 실제로 보는 것조차 처음인 자들도 많이 있었다.

그녀는 누가 뭐라고 해도 사히바와 한 쌍인 존재.

인류의 역사를 처음부터 지켜본 가장 오래된 인간이었다.

"알았으면 이제 그만 물러가도록 해. 어――?"

전장에 모인 모든 초월자들이 일제히 하늘 위를 쳐다보고 있었다.

부우우우웅—

거대한 날개를 퍼덕이며 허공을 선회하고 있는 괴물.

하늘을 나는 이면창조물들은 공허(空虛)와 가까운 지역에서만 서식한다.

특히 플라잉 오가넘(Flying Oganum)이라 불리는 이면창조물은 오직 패왕의 영역에서만 출몰하는 특이한 개체.

아그네스가 눈살을 찌푸리며 하늘을 바라보고 있었다.

"……패왕?"

우우우웅!

거칠게 착지한 플라잉 오가넘의 등에는 패왕뿐만이 아니라 제법 많은 사람이 타고 있었다.

"테셀? 기메아스……?"

패왕과 권왕, 게다가 환영의 군주까지.

모두가 머나먼 남쪽에 영역을 잡고 있는 군주들이었다.

저렇게 많은 군주가 한자리에 모여 있는 건 거의 처음 보는 일.

더구나 그들뿐만이 아니었다. 플라잉 오가넘에 탑승하고 있는 나머지 사람들은 놀랍게도 진입자들이었다.

"진입자?"

한 진입자가 군주들을 건방지게 내려다보고 있었다.

아그네스의 눈빛이 더욱 묘해졌는데, 놈에게서 제법 훌륭한 마력이 흘러나오고 있었기 때문이다.

놈의 주위로 활성화된 마나의 잔향은 가히 독특했다.

여러 성질이 뒤섞여 오히려 더욱 순수해진 느낌.

이런 묘한 느낌을 주는 마력은 아그네스로서도 처음 경험하는 것이었다.

아그네스가 패왕을 응시했다.

"다른 군주의 영역을 허락도 없이⋯⋯?"

바스더가 호탕하게 웃었다.

"하하하! 그건 네놈들도 마찬가지인 것 같은데? 게다가 나와는 달리 네놈들은 다른 군주의 영역을 빼앗으러 왔지 않느냐?"

패왕 바스더는 유난히 '나와는 달리'라는 문장에 힘을 주어 강조하고 있었다.

자신의 권능인 혼돈(混沌)은 저 제란의 불멸(不滅)과 거의 성질이 비슷했다.

비슷하다는 건 오히려 상극보다 더 무서운 법.

더욱이 제란은 인류의 기록이 닿아 있지 않은, 말 그대로 역사서 이전의 괴물이었다.

초월자 간의 경지에 있어서 세월의 격차는 정확히 비례하기에, 제란은 패왕조차 넘을 수 없는 벽이었다.

"꺄악! 엄마!"

환상의 군주, 기메아스가 마치 주인의 품에 안기는 고양이처럼 샤흐나를 향해 뛰어갔다.

샤흐나는 자신의 품에 안긴 기메아스의 머리를 흐뭇한 표정으로 어루만지고 있었다.

"그래. 딸아. 이제야 다시 보게 되는구나."

"보고 싶었어요!"

루인은 그런 샤흐나를 유심히 바라보고 있었다.

아무것도 걸치지 않은 나체였지만 타락했다거나 천박해 보이는 느낌이 전혀 들지 않았다.

오히려 성스러운 느낌.

정말로 돌아가신 어머니를 보는 것처럼 가슴이 울렁거렸다.

패왕 바스더가 제란을 바라보며 의외라는 눈빛을 하고 있었다.

"당신. 많이 달라졌군."

패왕의 기억 속의 제란.

그는 결코 흔들리지 않는 부동심으로 철저하게 자신의 욕망만을 좇던 지독한 군주였다.

그러나 그의 차분한 눈빛.

그가 마음에서 뭔가 대단한 걸 도려냈다는 것이 확연하게 느껴질 정도였다.

"어머니. 덕분이지."

제멋대로 굴지만 모든 군주들의 정신적인 지주, 샤흐나.

말없이 상황을 지켜보고만 있던 루인이 처음으로 입을 열었다.

"반갑군. 나는 진입자다."

모든 군주들의 시선이 일제히 루인에게 향했다.

경멸과 짜증, 분노 같은 감정들이 그들의 눈빛에 고스란히 드러나 있었다.

감히 하찮은 진입자 주제에!

여기서 그걸 모르는 군주가 어디에 있다고?

게다가 저 건방진 말투는 또 뭐란 말인가?

"아, 나는 지금 대신전을 칠 원정대를 모집 중이다."

루인이 한쪽 눈을 찡긋거렸다.

"혹시 내 원정대에 참여할 사람이 있나?"

그 말에 군주들의 얼굴이 각양각색으로 일그러져 있었다.

이 가변세계에 제대로 미친놈이 나타났다.

하이베른가의 대공자, 루인의 대화법에는 일정한 패턴이 있었다.

처음은 말도 안 되는 충격으로 시작한다.

도저히 받아들일 수 없는 사실, 이치에 맞지 않은 요구, 관계의 우위를 무시하는 말투 등이 바로 그런 종류의 충격 요법이었다.

이 방법의 가장 큰 효과는 상대방의 안정된 심리 상태나 정상적인 사고를 붕괴시키고 출발하는 것에 있었다.

얼토당토않은 말부터 듣고 시작하니 논리적인 생각이나 반박할 근거가 떠오르지 않고 덜컥 화부터 치밀어 오르는 것이다.

그렇게 충격 요법으로 일단 주도권을 거머쥔 루인은 이어지는 상대방의 다양한 반응을 통해 특정 성향과 심리 상태 등, 인물의 유형을 철저하게 파악한다.

이때부터는 사실상 게임은 끝났다고 봐야 했다.

자신의 마음은 모조리 감추고 있으면서 상대방의 심리를 훤히 꿰뚫어 보고 있으니 사실상 주도권의 역전이 불가능한 것이다.

초월자들의 당황한 표정을 마치 재미있다는 듯한 눈으로 바라보고 있는 루인.

리리아는 이런 루인의 대화법이 얼마나 무서운 결과를 만들어 내는지를 누구보다 잘 아는 사람 중의 하나였다.

역시 초월자들도 인간에 불과한 것일까?

외부 세계에 남아 있었다면 한 학파의 수장이나 대현자로 칭송받고도 남았을 아그네스가 날건달처럼 신경질적으로 반응하고 있었다.

"네놈은 누구냐? 대체 네놈 따위가 뭘 안다고 감히 군주들의 명예를 희롱하는 것이냐?"

권위적인 성격, 명예 추구, 완고한 자아.

"바스더, 그대인가? 이 멍청한 진입자들에게 대신전의 일을 떠벌린 것이? 그대답지 않군. 적어도 그대만큼은 진입자들을 가까이하지 않았던 것으로 아는데."

빠른 추리 사유, 확증 편향적.

그렇게 아그네스의 특성들이 빠짐없이 루인에게 전달되고 있을 때, 기메아스의 뾰족한 웃음소리가 들려왔다.

"호호! 헛짚었어 아그네스! 바스더가 아니야!"

"그럼 그대가……?"

아그네스는 이해할 수 없다는 눈빛이었다.

환영의 군주 기메아스는 호전적인 인물이 아니었다.

매번 군주들과의 전쟁을 피하던 그녀가 뜬금없이 대신전을 도모하기 위한 원정대를 조직하고 있다?

아그네스는 그런 그녀의 말을 믿지 않았다.

"패왕. 그대는 왜 침묵하고만 있는 것인가."

하지만 여전히 대답 없이 서 있는 바스더.

패왕은 막무가내인 것 같지만 심리전에도 매우 능통한 군주였다.

분명 저 진입자들은 패왕이 꾸미고 있는 무대를 위한 놀이패에 불과할 것이다.

가변세계의 변방에서 오랜 침묵을 깨고 나타난 패왕의 첫 행보.

그렇게 그는 나타나자마자 마력샘의 영향권을 두고 전쟁

을 벌이고 있는 군주들의 갈등에 곧바로 개입하고 있었다.

일단은 진입자들 따위로 군주들의 마음을 뒤흔들려는 이유, 그걸 먼저 파악해 내야만 했다.

아그네스가 재차 물었다.

"그대는 이렇게 침묵을 오래 유지할 사람이 아니다. 차라리 솔직하게—"

"당신은 마법사가 맞는 건가?"

말을 끊고 들어오는 진입자의 질문에 아그네스가 다시 표정을 구기며 루인을 쳐다봤다.

"무슨 소리냐?"

"마도는 어떤 학문보다도 실체와 현상을 파고드는 학문. 뻔히 당사자의 말을 직접 들었음에도 계속 딴소리만 늘어놓는 이유가 뭐지?"

분명 자신이 원정대를 조직한다고 천명했다.

한데도 그는 자신의 확증 편향적인 사고에 갇혀 계속 바스더만 추궁하고 있었다.

"정말 그게 순수한 네놈의 뜻이라는 것이냐?"

초인에 이른 마도(魔道)는 제법이었으나 고작 진입자에 불과한 놈이었다.

이 위험한 초월자들의 세계를 압도적인 권능으로 통제하는 천사들을 진입자 주제에 무슨 수로?

아그네스가 벌레를 보듯이 자신을 바라보고 있자 루인이

눈웃음으로 화답했다.

"손은 약자가 아니라 강자가 먼저 내미는 거라는 뜻이겠지. 그 뜻 나도 이해한다. 하지만 과연 이곳에서 내가 약자일까?"

"뭐라……?"

태초의 어머니 샤흐나.

불사의 군주 제란.

환영의 군주 기메아스.

패왕 바스더, 권왕 테셀, 거기에 마법사 그룹의 초월 마법사들까지…….

군주들이 한자리에 이만큼 모인 것도 가변세계의 역사에 매우 특별한 일로 남을 터였다.

한데도 놈은 이런 강력한 군주들보다 자신이 더 드높은 강자라 말하고 있는 것인가?

그즈음 루인은 지난 여정 동안 기메아스와 나눈 이야기를 떠올리고 있었다.

-패왕도 당신도 다들 조금 이상하군.

-왜? 우리가 뭘 어쨌다구?

-당신들은 반신(半神)의 경지를 이룬 초월자들이다. 그런 자들의 시선에서 우린 벌레나 다름없지.

-그래서?

-겉으로는 딱딱하게 굴고 있지만 우리 진입자들을 굉장히 관대하게 대하고 있는 것 같군. 사실 거슬리면 죽여도 상관이 없잖아. 법도 없고 규범도 없는 곳이니까.

-그거야 훗. 너희들은 외부 세계에서 왔으니까.

-단순히 그게 전부인가? 어차피 역사는 한번 평가를 받으면 쉽게 변하지가 않아. 이미 패왕은 자신이 어떤 인물로 역사에 남았는지 모두 파악하고 있을 텐데.

-너희들을 통해 얻을 수 있는 게 외부의 정보가 다인 것 같아?

-뭐……?

-잘 생각해 봐. 너희들은 우리 군주들이 영원토록 갈망해도 결코 가지지 못할 무언가를 분명 가지고 있을 테니까.

-대체 그게 뭐지?

-몰라. 내 입으로 말하긴 자존심이 상해. 나도 군주야.

초월자들이 영원히 갈망해도 결코 가질 수 없는, 오직 진입자들만이 가지고 있는 것.

그날로부터 루인은 기메아스가 남겨 준 수수께끼에 대한 해답을 찾으려 부단히도 애를 썼다.

그러나 막상 해답을 깨닫게 되자 그보다 더 허탈할 순 없었다.

온갖 관념적인 것들을 상상해 왔던 것과는 달리, 해답은

25

어이가 없을 정도로 간단한 것이었기 때문.

츠츠츠츠츠츠-

루인이 말없이 헬라게아를 소환하자 아그네스가 더욱 묘한 눈빛을 했다.

마치 생명체처럼 느껴지는 아공간.

자신이 기억하는 한, 저런 특이한 아공간 구현법은 인류의 마도에 존재하지 않았다.

한데 기다랗게 찢어진 공간의 틈에서 각양각색의 조리 도구, 그리고 제법 많은 양의 식재료들이 쏟아진 것.

그 광경에 모든 군주들의 두 눈이 찢어질 듯이 부릅떠졌다.

"허──!"

"으, 음식!"

"저, 저럴 수가! 고기다!"

"과, 과일!"

웅성웅성.

체면도 잊은 채 반사적으로 튀어나온 외침과 환호 소리.

지금까지의 진입자들이 가지고 온 음식과는 차원이 다른 엄청난 양에 초월자들은 하나같이 놀라고 있었다.

게다가 식재료들의 면면도 매우 값비싸고 진귀한 것들.

생도들 대부분은 귀족 출신이었다. 특히나 루인은 둘째가라면 서러워할 귀족인 하이베른가의 대공자.

가변세계에서의 여정이 얼마나 지속될지를 예상할 수 없었던 루인은 가문의 식재료 창고 하나를 거의 텅 비게 만들다시피 챙겨 왔다.

가변세계에 갇힐 수 있다는 최악의 상황까지 가정했던 것이다.

"세베론, 불을 지펴. 물과 와인은 시론이 나눠 담는다. 다프네, 리리아, 요리를 부탁해. 할 수 있지?"

"그, 그건……!"

"에? 요리요?"

다프네와 리리아의 얼굴엔 자신 없는 표정이 역력했지만 그래도 루인은 개의치 않았다.

"사람이 먹을 수 있을 정도면 돼. 뭘 먹어도 이분들에겐 천국일 테니까."

씨익.

마치 생고기를 통째로 삼킬 것처럼 이글거리는 눈빛을 하고 있는 권왕 테셀.

끝까지 무게 잡고 있던 불사의 군주 제란도 기다란 창끝이 사시나무 떨리듯이 떨리고 있었다.

씹으면 달콤한 과육이 넘쳐날 것만 같은 형형색색의 과일들.

기름기를 잔뜩 머금고 있는 새빨간 고기.

신선한 야채와 빵, 거기에 와인, 무려 술이라니!

루인의 입에서 와인이라는 단어가 튀어나오는 순간부터 패왕 바스더도 이성의 끈이 달아나 있었다.

"빠, 빨리! 빨리 한 잔!"

시론이 화들짝 정신을 차리고 와인 한 잔을 넘치게 따라 주자.

벌컥벌컥!

"커, 커어어어! 으아아아아!"

괴성인지 감탄사인지도 모를 이상한 비명이 바스더의 잇새를 비집고 흘러나왔다.

식도를 타고 흘러내리는 짜릿하고 청아한 향, 감미로운 그 맛에 바스더는 정신을 차리지 못하고 있었다.

아련하게 기억하고 있던 맛, 미칠 듯이 갈망하고 갈망했던 그 맛 그대로였다.

흐릿한 잔상과 함께 시론의 앞에 나타난 불사의 군주 제란.

그의 손에 들려 있던 기다란 흑색창은 이미 저만치 떨어져 있었다.

그가 말없이 잔을 잡고 시론에게 내밀자.

꿀꺽꿀꺽.

"허? 허……?"

얼마나 감격스러웠는지 그는 아예 말을 잇지 못하고 있었다.

이어 세베론이 불을 지핀 화로에 고기를 통째로 얹자.

치이이이이이-

르마델 북부의 특산종, 누우 고기 특유의 육향이 순식간에 사방으로 퍼져 나갔다.

물이 끓기 시작하자 리리아가 무표정하게 갖은 채소와 형형색색의 양념, 잘린 고기 등을 아무렇게나 투하했고.

제법 향이 훌륭한 스프로 변하는 데는 채 10분도 걸리지 않았다.

반면 다프네는 차분하게 과일을 깎고 있었다.

그녀 역시 지금 이 순간이 자신들에게 얼마나 중요한지를 본능적으로 깨달은 것이다.

무심하게 서 있던 루인이 다시 헬라게아에서 야외용 테이블과 의자들을 꺼내며 동대륙의 전사들을 쳐다봤다.

"모두가 함께 먹을 거다."

"아발라여! 지금 잔치를 벌이는 것인가?"

"거 좋다! 전사는 술과 음식을 마다하지 않는다!"

신난 표정으로 의자와 테이블들을 가져가는 동대륙의 전사들.

상처 입은 전사의 정신을 어느 정도 회복한 듯한 모습이었기에 그제야 루인도 조금은 안심하고 있었다.

한 시간 정도가 지나자 제법 그럴싸한 요리들이 테이블 위에 올려졌다.

음식을 잊고 살았던 초월자들에겐 대귀족의 파티나 만찬, 그 이상이었다.

초월자라는 경지는 먹지 않아도 생존이 가능한 삶을 가능하게 했지만 그렇다고 먹는 즐거움을 잊어버린 것은 아니었다.

먹는다는 것.

사람에게 그것은 생명의 유지, 그 이상의 무엇이었다.

특히나 스스로에게서 사람의 흔적이 점점 사라지는 것을 고통스러워하고 있는 초월자들에겐 무엇보다 소중한 가치.

먹는다는 건 그 무엇으로도 대체할 수 없는 인간의 증명이었다.

영역 전쟁?

영원의 마력샘?

테이블 위에 펼쳐진 요리와 와인을 먹는 순간부터 그런 것들은 모두 사라진 지 오래였다.

태초의 어머니 샤흐나부터 권왕 테셀까지…….

사람이 저렇게 먹고도 서 있을 수 있다는 것이 신기할 정도로, 그들은 끊임없이 먹고 또 먹고 있었다.

그들의 얼굴엔 웃음기가 끊이질 않았다.

특히 마법사 그룹 측에는 진입자를 경험하지 못해 아예 음식을 수천 년 만에 처음 먹는 사람도 있었다.

패왕 바스더가 불그레한 얼굴로 와인을 비우며 말했다.

"더없이 강해진 기분이군."

눈물을 흘리고 있는 환영의 군주.

"그래…… 포도가 이런 맛이었어……."

초월자들의 만찬을 묵묵히 지켜보고 있던 루인이 마침내 테이블에 앉았다.

"나는 말린 고기 따위를 배낭에 가득 담아 온 평범한 진입자가 아니야. 난 그런 푸석한 음식 따위를 참을 수 없는 대귀족이거든."

오물거리던 초월자들의 입이 일제히 멈춘다.

"내 아공간에는 이런 만찬을 반년 내내 즐길 수 있는 양의 식재료가 존재하지."

헬라게아 내의 식재료는 부패하지 않는다.

혼돈마의 꼬리를 꺼낼 때마다 피가 뚝뚝 떨어지는 건 바로 그 때문이었다.

"바, 반년?"

"이 정도 음식을 매일매일?"

폭풍처럼 흔들리고 있는 초월자들의 동공.

루인이 아그네스를 바라보며 새하얗게 미소 지었다.

"당신도 알다시피 한 마법사의 아공간은 주인의 의지 없이 결코 열리지 않아. 당신들이 아무리 초월자라고 해도 함부로 강탈해 갈 수 없다는 의미지."

씨익.

"어때? 이 정도면 내가 가장 강자라는 게 증명된 것 같은데."

◆ ◇ ◆

"나는 테아마라스를 만났다."

루인의 설명은 음색의 고저 따윈 없는 무미건조한 목소리로 시작됐다.

그의 말이 이어질 때마다 초월자들의 표정이 시시각각 변하고 있었다.

초월자의 사념체로 대륙의 주요 인물들을 모두 자신의 의지로 통제하고.

안티 매직 와이엄이라는 미지의 벌레를 대량으로 양산하여 인류가 보유한 최강의 병기인 마장기를 무력화한다.

대륙의 절반이 그에게 무릎을 꿇었을 때 비로소 사람들은 깨달았다.

자신들의 시대에서 인간이라는 종(種)이 멸망할 수도 있다는 것을.

악제.

그는 역사에 악명을 떨쳤던 그 어떤 마왕보다도 잔인하고 치밀했다.

지금까지 인류가 경험하지 못한 최악의 악마가 탄생한 것이다.

"그가 그런 짓을 벌였다고……?"

혼란스러운 감정이 역력한 아그네스의 얼굴.

그가 대신전을 벗어나 외부 세계에 있다는 충격은 아그네스에게 뒷전이었다.

테아마라스가 그토록 위험한 악마가 되었다는 사실을 도저히 받아들일 수 없는 것이다.

창공의 마법사라 불리는 마법사 그룹의 세라킨이 소리쳤다.

"마, 말도 안 돼! 천사들의 인정까지 받은 위대한 마법사가 도대체 왜 그런 짓을 벌인단 말인가?"

마법사 그룹의 초월 마법사들은 외부 세계의 마법사들이 그러하듯 테아마라스를 은연중에 존경하거나 경원시하고 있었다.

인간의 상상을 모두 술식으로 구현해 낼 수 있는 위대한 마도(魔道).

그는 자신의 내면세계인 심상(心想)을 온전히 물질계에 구현해 낼 수 있는 유일무이한 마법사였다.

이어 들려오는 권왕 테셀의 신음 소리.

"으으음…… 하지만 그런 짓을 '존재'들이 두고 볼 리가 없지 않은가?"

루인의 입매가 여전히 무의미한 곡선을 그렸다.

"존재들은 나타나지 않았습니다."

"……뭐?"

자연의 섭리에 불균형을 초래하는 초월자들만 출현해도 족족 가변세계에 가두는 천사들이었다.

그런 천사들까지 부릴 수 있는 존재들이 인류의 절멸 앞에서 끝내 침묵을 유지한다고?

그게 말이나 되는 소린가?

"존재들은 모두 놈에 의해 소멸됩니다."

"응?"

황당하다는 듯이 두 눈만 껌뻑거리고 있는 기메아스.

그녀가 루인을 뚫어질 듯이 노려봤다.

"천사도 아니고 존재를 압도할 수 있다구? 그 마법사가?"

하지만 루인의 입은 다시 열리지 않았다.

어차피 어떻게 된 일인지 설명할 수도 없었고 설사 설명한다고 믿지도 않을 것이기 때문.

순간 검은 투구 속 제란의 차가운 두 눈이 더욱 음험한 기운을 발산했다.

"미친 소리군."

가변세계의 초월자들 중에서 가장 강한 축에 속하는 불사의 군주조차 천사 하나를 감당하지 못하는 것이 냉엄한 현실.

한데 그런 천사를 수도 없이 거느린 존재들, 그 신(神)들을 고작 마법사 하나가 모두 소멸시켰다?

그건 그가 열 배로 강해진다고 해도 불가능한 이야기.

특히 인간계를 관장하는 주신 알테이아는 태초신의 섭리와 의지를 직접적으로 주관하는 신 중의 신이었다.

"가능하다. 그와 손을 잡았으니까."

기메아스가 불같은 증오의 열광으로 아른거리는 루인의 눈동자를 유심히 바라보고 있었다.

"응? 그라니? 마법사와 뜻을 같이하는 초월자가 또 있단 말이야?"

이어진 루인의 대답에 모든 초월자들이 석상처럼 굳어졌다.

"발카시어리어스(Balka Serious)."

절대악. 태초의 어둠.

인간계의 주신 알테이아와 비견되는 마계 최강의 절대마신.

"……그게 사실인가?"

심연처럼 이글거리고 있는 제란의 시선을 담담히 마주하는 루인.

"사실이다. 직접 두 눈으로 확인했으니까."

순간, 초월자들의 테이블이 영원할 것만 같은 침묵에 휩싸였다.

그만큼 루인의 입에서 흘러나온 이름의 절대성은 엄청난 것이었다.

다시 심연처럼 깊어지는 제란의 두 눈.

만약 이 진입자의 말이 사실이라면 가능성이 없는 이야기는 아니었다.

마법사가 발카시어리어스와 계약하여 그의 권능을 수단으로 삼는다면 주신 알테이아와도 해볼 만할 테니까.

"아이야."

인류의 어머니, 샤흐나가 처음으로 입을 열자 모든 초월자들의 시선이 그녀를 향했다.

"끝없이 불안한 네 마음을 보니 네 말은 틀림없는 진실인 것 같구나."

루인의 두 눈이 이채를 발했다.

이 샤흐나도 기메아스나 루이즈처럼 사람의 감정이나 마음을 느낄 수 있단 말인가?

"영안(影眼)……?"

그렇게 루인이 당황해하고 있을 때 기메아스가 빙그레 웃었다.

"우리 엄마는 대륙의 모든 종족들의 어머니야. 수인, 요정, 드워프…… 인격을 지닌 모든 인간형 종족들의 첫 어머니라구."

"뭐?"

루인은 그야말로 깜짝 놀라고 있었다.

엘프와 드워프, 수인.

인격을 지닌 인간형 종족들이지만 분명 아예 종이 다르다고 생각했다.

그만큼 서로의 문화와 종족적 특성이 완전하게 달랐던 것.

한데 그들 종족이 모두 인간이라는 종에서 분화한 개체였단 말인가?

"우리 영묘족도 마찬가지야. 그러니 엄마에게 영안이 있다는 건 전혀 이상할 게 없어."

루인의 두 눈이 금방 호기심으로 물들었다.

"그럼 당신은 늑대로도 변할 수 있고 요정들처럼 정령과 대화를 나눌 수도 있다는 말입니까?"

말없이 웃고만 있는 샤흐나.

"당연하네. 대개 한 종(種)에서 분화한 아종들의 특성은 첫 쌍의 본질에서 비롯되는 법이네."

간결한 아그네스의 대답.

그제야 루인은 사히바와 샤흐나의 역량을 실체적으로 체감하고 있었다.

압도적인 육체적 능력을 보유한 수인.

놀랍도록 예민한 감각으로 자연의 정령들과 대화할 수 있는 요정.

천재적인 손재주로 위대한 무기를 수도 없이 역사에 남긴 드워프.

최강으로 생명체로 군림하던 타이탄.

영안의 영묘족.

무엇보다 지성을 탄생시켜 대륙을 지배한 인간까지…….

그런 종족들의 모든 재능을 한 몸에 지닌 한 쌍이라니.

감히 루인은 그들의 권능을 상상조차 할 수 없었다.

"그럼 드래곤들도……?"

인격과 지성을 지닌 또 다른 생명체, 드래곤.

샤흐나가 부드럽게 웃었다.

"용족은 다르단다. 그들은 내가 태어나기 전부터 있었지."

그렇게 인류사의 오랜 미스터리가 풀리고 있었다.

드래곤이 먼저였느냐 인류가 먼저였느냐의 문제는 학자들
의 오랜 논쟁거리 중의 하나.

"그런데 나는 궁금하구나. 너와는 달리 저 아이들에게는
증오도 공포도 없다. 너처럼 불안에 떨지도 않는구나."

초월자들의 테이블에서 멀찍이 떨어져 각자의 이미지를
수련하고 있는 생도들.

란시스는 동대륙의 전사들과 검으로 어울리고 있었다.

수천 년, 혹은 수만 년의 경험을 지닌 사람들답게 샤흐나의
그 말이 무엇을 의미하는지를 초월자들은 곧바로 이해하고
있었다.

그건 바로 경험이 같지 않다는 뜻.

"묻겠다, 아이야. 지금까지 네가 말한 그 이야기들이 지금
까지 일어난 일인지 아니면 일어날 일인지를 말해 주렴."

"엄마? 설마 이 진입자 놈에게 예지 능력이 있다고 믿는 거야?"

인류의 역사에는 간혹 알 수 없는 감각을 타고나 미래를 예지하는 사람들이 존재했다.

하지만 그들의 예언 대부분은 은유적이거나 추상적이었다.

해석에 따라 어떻게든 끼워 맞출 수 있는 말장난에 불과한 것이다.

"그건 아니란다, 기메아스. 미래를 본다는 건 사람에게 허락된 영역이 아니야."

"그럼?"

루인이 대답 없이 침묵하고 있을 때 아그네스의 동공이 크게 흔들렸다.

"샤흐나께서는 대체 무얼 생각하고 계신 것이오? 설마……?"

한없이 부드럽고 자상했던 샤흐나의 표정은 어느덧 딱딱하게 굳어진 상태.

"그리고 너는 발카시어리어스를 직접 보았다고 했어."

"……."

"그는 자신의 본질을 목격한 인간을 결코 살려 두지 않느니…… 아이야. 네가 본 것이 내가 아는 발카시어리어스가 맞다면 지금 이 자리에 있는 너를 누구보다 이 어미가 받아들일 수 없단다."

순간.

한없이 따뜻한 기운, 마치 황혼과 같은 기운이 샤흐나의 주위로 찬란하게 피어났다.

그것은 루인이 목격한 그 어떤 권능보다도 거대하고 위력적인 것이었다.

"감히 우리에게, 이 어미에게 무엇을 더 숨기고 있느냐."

그 압도적인 권능에 패왕 바스더가 악착같이 이를 깨물며 치를 떨고 있었다.

가변세계 전체를 휘감고 있는 부드러운 기운.

마치 이건 신의 마나를 온 세상에 뿜어 대고 있는 영원의 마력샘 같지 않은가?

"너는 마치 머나먼 과거의 일을 회상하는 듯이 말하고 있지 않느냐."

그제야 초월자들은 루인이 했던 모든 이야기들이 과거형이었다는 것을 인식하고 있었다.

아그네스가 벌떡 일어났다.

"불가! 불가능한 일이오!"

회귀(回歸). 혹은 시간 역행.

단지 이론상으로는 존재하나 끝내 부정되고 사장되어 온 금단의 영역.

스스로의 마도로 초월자에 이른 아그네스조차 그것은 절대로 받아들일 수 없는 일이었다.

한데, 루인이 소리 없이 웃고 있었다.

"알 것 같군."

패왕 바스더가 루인을 직시했다.

"뭘 알았다는 거냐?"

알 수 없는 루인의 눈빛.

그가 이내 가변세계의 하늘을 올려다보며 허탈하게 웃고
있었다.

"바스더. 우리의 계획은 처음부터 어긋나 있었다."

환영의 군주, 기메아스가 의아한 표정으로 루인을 쳐다봤
다.

"어긋나 있었다니? 무슨 말이야?"

"바스더에게 처음 그 말을 듣자마자 궁금했지. 사히바의
영역에 영원의 마력샘이 생겨난 게 정말 우연일까?"

"응?"

"초월자들이 서로를 견제하도록 설계하고 싶은 거였다면
사히바의 영역에 마력샘을 만드는 건 말이 안 되지. 오히려
가장 약한 초월자들의 영역에 배치했어야 해. 그게 정석적이
지."

"그런데?"

"가장 강한 이에게 더욱 강한 힘을 부여한다. 그건 힘에 의한
통제를 뜻하지. 게다가 다른 한 사람은 여기저기 떠돌아다니며
자신의 영향력을 높이고 이번엔 아예 전쟁까지 중재하더군."

패왕 바스더의 일그러진 얼굴이 샤흐나에게 향할 무렵 루인의 차가운 음성이 또다시 이어졌다.

"바스더. 놈이 바라는 건 이 가변세계의 혼란이 아니라 절대적인 힘에 의한 안정이다."

아그네스가 미간을 찌푸렸다.

"그럼 우리가 그에게…… 아니 사히바와 저 샤흐나에게 놀아났다는 뜻인가?"

다시 피식 웃는 루인.

"적어도 테아마라스와 모종의 합의가 있었겠지. 빌어먹을 저 어머니의 뜻이 무엇인지 우린 알 수 없지만."

샤흐나에게 붙어서 애교스럽게 굴던 기메아스 역시 천천히 그녀에게서 떨어지며 표정이 굳었다.

"엄마. 그게 사실이야?"

대답없는 샤흐나를 바라보며 루인이 조소를 머금었다.

"방금 저 여자의 황혼. 처음엔 그 거대한 힘에 그저 놀라기만 했지. 하지만 곧 당황스러웠다. 너무 비슷했거든."

"뭐가 비슷하단 말이냐?"

패왕의 물음에 루인이 다시 하늘을 바라보았다.

그가 심상으로 떠올린 가변세계의 하늘에는 거대한 어둠이 질식할 것처럼 물들어 있었다.

"속성을 어둠으로 바꾸면 거의 비슷하더군."

"어둠?"

"권능의 구현 방식. 체계. 놈과 거의 흡사하다."

"놈? 누굴 말하는 것이냐?"

루인은 말없이 샤흐나를 노려보고 있었다.

악제 놈의 연락책, 놈과 협조하고 있는 초월자를 드디어 찾아낸 것이다.

샤흐나.

아니 악제와 뜻을 같이하고 있는 건 사히바와 샤흐나 둘 다 일 확률이 높았다.

루인이 초월자들을 차례로 응시했다.

"당신들은 대체 대신전을 어디서 찾고 있었던 거지?"

어떤 활동도 없이 침묵하고만 있는 대신전.

"눈앞에 있는 대신전도 몰라뵙고, 그들의 의지에 의해 통제되고 있는 꼴이라니."

패왕을 물끄러미 바라보는 루인.

"꼭 이런 자들과 동맹을 해야 하나?"

Chapter. 76

　숨 막히는 정적 속에서 제란의 시선이 루인을 향했다.

　"대단한 놈이군."

　저 어린 나이에 가변세계에 방문할 정도라면 분명 바깥에서도 대단한 입지를 쌓은 인물일 것이다.

　하나 지금 이곳에는 가변세계의 초월자들, 그중에서도 최상위권의 초월자들이 득실거리고 있었다.

　그런 곳에서 인류의 첫 어머니 샤흐나를 대신전으로 매도하는 행위를 서슴없이 한다는 것.

　"그 발언은 고작 죽음 따위로 용서될 것이 아니다."

　제란의 눈빛에서 살기가 촘촘히 얽히고 있을 때. 루인의 시선은 다른 초월자들을 훑고 있었다.

"글쎄. 다른 사람들은 당신과는 생각이 많이 다른 것 같은데."

다른 초월자들의 시선은 흔들림 없이 샤흐나에게 고정되어 있었다.

그만큼 루인의 주장은 충분히 합리적이었던 것.

그의 말대로 사히바와 샤흐나가 대신전의 협력자라고 가정한다면 그동안의 모든 의문에 대해 설명이 가능했다.

사히바가 강력하게 영원의 마력샘을 통제하고 있기에 대신전의 침묵은 이상할 것이 없었다.

샤흐나 역시 특정 시기마다 묘한 입장을 취하며 한 집단에게 힘이 쏠리는 것을 방해해 왔다.

한 가지 의문이 있다면 그런 사히바와 샤흐나를 움직이는 동력이 무엇이냐일 것이다.

대체 인류의 첫 쌍인 그들이 악제 테아마라스, 더욱이 대신전과 뜻을 같이할 이유가 무엇일까?

"엄마. 왜 말이 없는 거죠?"

환영의 군주 기메아스의 눈빛은 어떤 초월자들보다도 차갑게 빛나고 있었다.

군주들 중에서 샤흐나를 가장 존경하고 따랐던 기메아스.

"내 입에서 무슨 말이 더 나올까를 계산하고 있겠지."

루인이 묘하게 웃으며 기메아스를 쳐다봤다.

"지금 이곳이 가변세계의 판도가 걸려 있는 자리란 걸 저 여자도 아는 거다. 당신들을 기만하는 데 실패한다면 그 즉시 대전쟁이야."

무표정하게 앉아 있던 샤흐나가 루인을 향해 천천히 시선을 맞추었다.

"이 어미가 대신전이라는 근거치고는 네 모든 말들이 박약하구나."

물론 루인의 주장에는 구체적인 증거가 없었다.

심증만으로 그녀의 실체를 드러내게 만들 수 없다는 건 누구보다 루인이 가장 잘 알고 있었다.

그는 냉철한 마법사였으니까.

"루이즈."

루인의 부름에 루이즈가 이미지를 끝내고 테이블 쪽으로 걸어왔다.

긴장하는 기색이 역력한 그녀의 등을 루인이 부드럽게 쓰다듬어 주었다.

"루이즈. 만찬이 시작되기 전 내게 했던 말을 다시 해 줘."

〈루인 님! 그건…….〉

"별일 없을 거야. 나를 믿어."

〈…….〉

루이즈의 시선이 천천히 샤흐나를 향했다.

그녀의 눈빛은 몹시 두려운 듯 끊임없이 흔들리고 있었다.

〈저분은 저희를 미워해요…….〉

환영의 군주 기메아스가 더없이 놀라며 루이즈를 쳐다봤다.

"꺄아악! 말도 안 돼! 네가 어머니의 마음을?"

그녀는 다름 아닌 인류의 첫 어머니 샤흐나.

그 오랜 세월, 환영의 영안으로 수도 없이 가늠하려 했지만 단 한 번도 감정이 읽히지 않았던 위대한 존재.

〈저분의 증오는 상상할 수 없을 만큼 깊어요. 전 도저히 그 마음을…….〉

어느덧 기다란 흑색 창을 빼어 든 제란이 투구 사이로 엄청난 살기를 뿜어 댔다.

"어머니가 누굴 증오하고 있단 말이냐."

루이즈가 초월자들의 눈치를 살피고 있자 루인이 그녀의 어깨를 꽉 움켜쥐며 자신감을 불어넣어 주었다.

〈……우리 모두를요.〉

호호호호—!

순간적으로 터져 나온 샤흐나의 뾰족한 웃음소리에 의해 가변세계의 천지가 진동하고 있었다.

콰아아아앙!

발 구름 한 번으로 모든 진동을 잠재운 제란에게서 엄청난 살기가 피어오르기 시작했다.

샤흐나는 그의 살기를 담담하게 감당하며 기묘하게 웃고 있었다.

"네 영안은 인간에게서 비롯된 권능이 아니구나. 그래. 카락타. 카락타의 냄새가 나."

굽어보는 존재, 카락타(Kayrak-Tya).

꿈과 영혼의 신.

그렇게 절대적인 '존재'의 이름이 샤흐나의 입에서 흘러나왔을 때, 비로소 루인은 자신의 모든 가정을 사실로 확정했다.

"그들이 파멸을 막기 위해 고군분투하고 있다는 걸 나 역시 듣긴 했느니…… 하지만 정말 의외로구나. 그들이 인과율을 무시하면서까지 자신들의 권능을 인간에게 나눠 주고 있을 줄이야."

루이즈의 정체 모를 감각, 영안(影眼)이 신적인 의지와 닿아 있다는 건 루인에게도 큰 충격이었다.

지난 생에서 '존재'들은 언제나 침묵하던 자들.

루인은 기쁘면서도 한편으로는 화가 치밀었다.

어차피 섭리와 인과율을 깰 거라면 암암리에 인간을 도와줄 것이 아니라 직접 나서면 되었을 일이 아닌가!

그 순간.

쿠쿠쿠쿠쿠쿠쿠—

불사의 군주 제란.

환영의 군주 기메아스.

패왕 바스더.

권왕 테셀.

아그네스와 세라킨 등의 다섯 초월 마법사들.

엄청난 초월자들이 전력으로 권능을 드러내기 시작하자, 루인의 다크니스 필드가 생도들과 동대륙의 전사들을 한꺼번에 에워쌌다.

지지직—

지지지직—

순간적으로 시공의 균열이 일어날 만큼의 거대한 권능 파동.

패왕의 혼돈, 캘러미티 블레이즈가 이미 저만치 물러나 있는 샤흐나를 강타했다.

콰아아아아아아앙—

상상할 수 없는 굉음과 함께 그녀가 서 있던 지면이 무저갱처럼 꺼졌다.

곧 샤흐나의 묘한 웃음소리가 까마득한 상공 위에서 울려
퍼졌다.

〈호호호호!〉

광활한 증기 장막, 하늘을 뒤덮기 시작한 구름이 끝도 없이
샤흐나를 중심으로 모여든다.

구름 속에서 엄청난 뇌전의 기운이 일렁이기 시작하자 수
천 개의 환영이 구름을 덮쳤다.

일루전 오브 인피니티.

기메아스의 권능이었다.

콰아아아아아아앙-

시뻘겋게 달아오른 거대 마장기들의 포열도 불을 뿜었고.

권왕 테셀의 산악을 무너뜨리는 일격이 창공을 가르며 비
상하였으며.

불사의 군주 제란의 창끝에서 무채색의 오라가 폭발하듯
터져 나올 그때.

번쩍!

찰나의 순간 하늘에서 무언가가 점멸했다.

초월자들의 공격은 모두 허공을 가르고 있었다.

창을 거둔 제란이 머나먼 북쪽을 바라본다.

허공에 잔열처럼 남아 있는 권능의 흔적.

그것은 틀림없는 첫 인간 사히바의 권능이었다.

"사히바의 허무(虛無)다."

"으으음…… 그가 샤흐나를 직접 데려가다니."

이로써 모든 것이 확실해졌다.

인류의 첫 쌍은 초월자들, 아니 모든 인간의 적이었다.

다크니스 필드를 해제하며 초월자들 앞에 다시 나타난 루인.

"이제 어쩔 셈이냐?"

"그걸 왜 나한테 묻지?"

처참하게 얼굴을 일그러뜨리는 바스더.

모든 초월자들이 힘을 합한다고 해도 대신전을 상대할 수 있을까 말까였다.

한데 초월자들의 가장 꼭대기에 있는 인류의 첫 쌍마저 적이 되어 버린 꼴이었다.

남아 있는 초월자들이 소멸을 각오하고 싸운다고 해도 일할의 승산조차 없었다.

"아, 정말 허탈하네."

기메아스의 자조 섞인 웃음.

하지만 오랜 세월 정신적으로 의지해 온 어머니를 잃은 기분은 기메아스뿐만이 아니었다.

냉정한 척하고 있었으나 누구보다 고통스러워하고 있는

사람은 불사의 군주 제란이었다.

패왕이 루인을 쏘아봤다.

"차라리 밝히지 말았어야 했다! 들쑤신 꼴만 되지 않았느
냐!"

속내를 들킨 인류의 첫 쌍이 이제 어떻게 나올지는 불 보듯
뻔한 일.

대신전을 등에 업고 오히려 더욱 강압적으로 나올 터였다.

아예 마력샘의 외각을 차지하고 있는 군주들의 영역을 없
애려 할 수도 있는 것이다.

"내게 계획이 있다면?"

루인의 시선은 패왕만이 아니라 나머지 모든 초월자들을
훑고 있었다.

"……계획?"

아그네스가 루인을 유심히 바라본다.

"이 마당에 무슨 계획이 있을 수 있다는 건가?"

"난 잡음을 원치 않는다. 내게 만약 그럴싸한 계획이 있다
면 당신들 모두가 내 명령을 따라 줬으면 하는데."

계획이고 뭐고 전력의 차이가 너무나 극심했다.

전략 따위로 극복할 수 있는 상황이 아닌 것이다.

그러나 아그네스의 두 눈은 호기심으로 물들어 있었다.

"말해 보게. 듣고 판단하지."

"간단해. 저들의 전력 중에서 가장 약한 고리인 대신전을

먼저 친다.”

“약한 고리……?”

패왕은 어이가 없다 못해 극도로 화가 치밀었다.

“개 같은 놈!”

상황을 이 지경으로 만든 놈이 이젠 아무렇게나 지껄이고 있었다.

술이고 뭐고 패왕은 이 정도를 참을 수 있는 사람이 아니었다.

“천사가 마장기의 마력포에 죽을 수가 있나?”

“그건 또 무슨 소리냐?”

“우린 지천사 오실리어의 머리통을 날리고 이 가변세계에 진입했다.”

“뭐……?”

바스더가 황당하게 굳어 있을 때 아그네스의 놀란 얼굴이 루인을 향했다.

“오실리어를? 고작 너희들끼리?”

오실리어(Oslier).

태초신의 계약의 법궤, 최상단에 이름을 올리고 있는 최강의 지천사.

대신전에서도 오실리어의 권능을 능가하는 천사는 손에 꼽는 수준이다.

하늘 광선으로 초월자 몇 명쯤은 가볍게 제압하는 오실리어를 도대체 저놈들이 어떻게?

"고전하긴 했지만 사실이다. 분명 오실리어는 뭔가 격을 봉인당한 느낌이었어. 또한 우릴 돕던 신상 역시 극히 제한적으로 싸우더군."

"제한적인 권능?"

"창술."

천사들이 고작 창술만 쓰다니?

그건 정말 황당한 말이었다.

"지천사의 하늘 광선은 없었단 말이냐?"

문득 루인은 지천사 오실리어의 창끝에서 뿜어져 나왔던 창백한 광선을 떠올렸다.

"놈이 딱 한 번 그걸 썼지. 엄청나더군. 마장기 하나가 순식간에 고철로 변해 버렸으니까."

"한 번?"

말이 되지 않았다.

천사들의 고유 권능인 하늘 광선은 말 그대로 무한대의 힘이었다.

신의 의지와 직접적으로 연결된 천사들은 하늘 광선, 즉 신력(神力)을 끝도 없이 소환할 수 있는 존재들.

제란의 무심한 목소리가 들려왔다.

"정말 오실리어를 소멸시킨 것이 확실한가?"

기메아스를 물끄러미 쳐다보는 루인.

"내 말이 거짓인지는 저 여자가 영안으로 확인하고 있을 텐데."

"그래. 넌 틀림없이 진실을 말하고 있어."

기메아스의 고유 권능인 영안의 특성과 위력을 누구보다 잘 알고 있는 초월자들.

"지천사의 권능이 봉인됐다? 대체 왜? 감히 누가 그들을 그렇게 만들 수 있다는 건가?"

아그네스의 질문에 감정 없이 퉁명스럽게 대답하는 루인.

"대신전을 움직이고 인류의 첫 쌍까지 회유한 놈인데 더한 일을 벌였어도 이상하지 않지."

"테아마라스. 이번에도 그가 그런 짓을 했단 말인가?"

"잠깐! 잠깐만!"

생각을 거듭하던 기메아스가 루인을 노려봤다.

"너, 설마 천사들이 모두 약해졌다는 거야?"

"오실리어가 뿜어 대는 권능의 원천은 누굴까."

"그거야……."

생각이 끝나기도 전에 기메아스는 충격부터 밀려왔다.

"서, 설마!"

고대 신화를 조금이라도 공부했다면 오실리어가 누구의 종복인지를 모를 수가 없었다.

"그래. 오실리어의 권능에 문제가 생긴 거라면 모시는 신과의 계약 문제일 확률이 높지. 그리고 그 계약에 문제가 생긴 거라면—"

인간계를 관장하는 주신(主神).

"알테이아. 그녀에게 문제가 생겼다는 반증이지."

그 말이 어떤 의미인지를 즉시 파악한 아그네스.

대신전에 있는 천사들의 절반은 주신 알테이아를 섬기고
있었다.

"그 대신전의 침묵 말이지."

루인의 새하얀 치아가 고르게 빛났다.

"아무리 생각해 봐도 그 침묵에는 이유가 있다고 생각되는
데."

루인을 바라보고 있는 바스더의 눈빛이 묘했다.

공허의 차원 거품 안에서 수만 년을 보냈다는 말도 안 되는
녀석의 주장.

그 말을 반신반의해 왔는데 이제는 믿지 않을 수가 없게 된
것이다.

지닌 정보를 활용하는 방식.

자신의 강점을 돋보이게 만드는 수완.

상황을 구조적으로 주도해 가는 치밀한 논리 구사.

만약 전략과 화술에도 검이나 마법처럼 경지가 있다면 저
놈은 누구도 부정할 수 없는 초월자일 것이다.

가변세계의 초월자들을 상대하면서 이 정도로 상황을 주
도해 나가는 인간을 바스더는 경험한 적이 없었다.

이런 위험한 놈을 적으로 상대한다는 건 재앙 그 자체.

놈과 마주했던 외부 세계의 인간들이 얼마나 고생했을지가 눈에 선할 정도였다.

이 녀석은 마음만 먹는다면 왕국, 아니 대륙을 집어삼켜 버릴 놈이었다. 패왕이었던 자신과는 전혀 다른 방식으로.

천사들은 무식하게 힘만 센 초월자들을 가둘 것이 아니라 이런 놈을 가둬야 했다.

이런 상상을 초월하는 지혜를 지닌 놈이 훨씬 더 무서운 법이니까.

패왕과는 다소 결이 달랐지만 그런 루인에게 놀라고 있는 건 다른 초월자들도 마찬가지였다.

초월자들의 침묵 속에서 제란의 차가운 목소리가 들려왔다.

"지천사 오실리어만의 문제일 수도 있다."

루인은 여전히 웃고 있었다.

"오실리어는 내 진입을 막으려는 자신의 행동이 인과의 개입이라는 걸 명확하게 인지하고 있었다. 사역자의 서약을 이행하는 지천사가 스스로의 권능을 제한하는 선택을 할 수 있다고 믿는 건가?"

"……."

"놈이 상대해야 했던 건 마장기 5기와 또 다른 천사들이 운용하는 거대 신상 2기. 애초에 힘 조절이 가능한 상황도 아니야."

환영의 군주 기메아스가 끼어들었다.

"내 입장에선 오실리어의 권능 문제보단 천사들이 서로 싸웠다는 사실이 더 흥미로운걸?"

"그 이유는 나도 모른다. 다만 유추할 수 있는 것은 신(神)들도 각자의 신념과 생각이 있다는 거겠지. 당연히 신념 간의 충돌이 일어나는 순간, 그들을 사역하는 천사들도 서로 부딪칠 수밖에 없다."

대화가 진행되면 될수록 루인의 가정에 점점 설득되어 가는 초월자들.

"어쩌면 대신전은 각자가 모시는 신들의 뜻을 이행하기 위해 내전 중일 수도 있다. 이것까지 놈이 짠 판이라면 훨씬 더 완벽해지지. 강한 힘으로 초월자들을 억압하는 동시에 대신전의 내분을 유발하는 갈등의 이원화."

테아마라스의 계략도 계략이었지만 그 모든 상황을 유추해 내고야 마는 루인에게 초월자들은 더욱 놀라고 있었다.

바스더는 그런 루인을 더욱 시험해 보고 싶었다.

"지나친 자기 확신이군. 그럴싸하게 들리지만 결국 가정일 뿐이지 않느냐? 그 모든 가정을 사실로 확정할 만한 어떤 근거도 없다."

"……근거?"

차가운 눈으로 물끄러미 바스더를 바라보던 루인은 결국

침묵에 빠지고야 말았다.

자신이 알고 있는 근거를 말한다는 건 결국 자신의 비밀을 말해야 한다는 뜻.

그 방법이 아니고서야 이 꼬장꼬장한 초월자들을 완벽하게 설득할 수단이 없었다.

저들의 입장도 이해해 줘야 했다.

대신전과 충돌한다는 건 소멸을 각오한다는 뜻일 테니까.

긴 침묵을 이어 가던 루인이 마침내 선택했다.

"놈의 군단에서 몇몇 초월자들이 출현했었다. 수가 많지는 않았지만 인간 진영의 영웅들을 압도하기에는 충분했지. 나역시 전쟁 내내 무척 고전했었으니까."

또다시 튀어나온 기묘한 과거형 어감.

"네 녀석! 정말로 시공 역행을……!"

아그네스가 발작적으로 외치고 있었지만 루인은 단숨에 그의 말을 잘라 버렸다.

"하지만 군단의 초월자들은 그렇게 무시무시하게 인과율과 섭리를 유린했음에도 전쟁 내내 활동을 유지했다. 대신전? 테아마라스의 유적? 그딴 건 내가 아는 세상에서는 존재하지도 않았어. 왜지? 왜 놈들은 이곳으로 잡혀 오지 않았을까?"

흥분한 듯한 목소리의 기메아스.

"너 설마! 대신전이 무너진다는 거야?"

"단순히 대신전이 무너지는 데 그쳤을까? 가변 차원 통로

의 통제권이 초월자들에게 떨어졌을 것이 뻔한데 당신들은
왜 세상에 나오지 못했지?"

"뭐……?"

단언컨대 지금까지 저 진입자가 뱉은 모든 말 중에서 지금
이 가장 충격적이었다.

너무나도 분명하게 지난 과거의 일처럼 말하고 있는 루인.

정작 녀석은 인정도 부정도 하지 않고 있지만 이건 누가 들
어도 회귀(回歸)가 아니라면 설명될 수 없는 말이었다.

"내가 아는 악제는 이런 위험한 곳을 절대로 그냥 내버려
두는 놈이 아니야."

바스더가 황당하다는 듯이 되묻고 있었다.

"네놈! 대신전과 우리 초월자들이 모두 소멸할 거라 말하
고 있는 것이냐!"

"이 가변세계의 존재 자체가 사라졌겠지."

"네놈──!"

가변세계의 소멸.

척박한 유배지에 불과한 장소이지만 엄연히 신의 섭리에
의해 창조된 곳이었다.

신이 창조한 세계를 고작 인간이 소멸시킬 수 있다?

그런 엄청난 말을 저렇게 아무렇지도 않게 내뱉다니!

"잠깐. 패왕께서는 잠시 흥분을 거두시게."

별다른 동요 없이 루인의 말을 경청하고 있는 건 아그네스가

유일했다.

루인을 응시하고 있는 그의 시선은 어느덧 완벽히 달라져 있었다.

"아무리 그가 테아마라스라고 해도 그런 일이 가능할 것 같진 않네. 절대적인 신격이 개입하지 않고서야 어떻게 인간이 하나의 차원을…… 음……."

아그네스는 자신의 말을 끝맺지 못했다.

절대적인 신격의 개입.

이미 루인은 그런 존재가 개입했다고 천명했기 때문이었다.

"호호, 충분히 가능해. 그라면."

절대악, 발카시어리어스.

그는 이미 마계와 인접한 차원, 명계(冥界)를 붕괴시킨 전적이 있는 자.

그의 거대한 권능이라면 가변세계라는 차원에 충분히 균열을 일으킬 수 있을 것이다.

"……그래서 어쩌자는 것이냐? 네놈 말대로라면 약해진 대신전을 무너뜨리는 일은 오히려 자충수가 아니더냐?"

대신전이 사라진다는 건 외부 세계에 새롭게 생겨날 초월자들을 더 이상 통제할 수 없게 된다는 뜻.

테아마라스가 인류 멸절의 목표를 가지고 있다면 그 일은 오히려 놈을 도와주는 꼴이 되는 것이었다.

기메아스가 자신의 환영을 장난스럽게 다루면서 말했다.

"더구나 그 이후가 더 문제야. 대신전의 천사들을 상대한 후라면 우리 전력은 약화되어 있을 게 뻔해. 천사들의 권능이 쇠락했다고 쳐도 그들의 무기까지 약해지는 건 아니거든."

그녀의 말에 초월자들이 무겁게 침묵할 수밖에 없었다.

그녀의 말대로 천사들의 하늘 광선도 무시무시했지만 그들이 각자의 신에게서 받은 아티펙트들도 만만치 않은 전력임은 분명했다.

"그 전쟁에서 과연 우린 몇 명이나 살아남을 수 있을까? 그렇게 남은 힘으로 정말 사히바와 샤흐나를 상대할 수 있을까?"

생각만으로도 초월자들은 가슴이 답답해졌다.

샤흐나도 샤흐나지만 첫 인간 사히바는 아예 격이 다른 존재.

가변세계의 초월자들은 그가 전력으로 권능을 구사하는 광경을 경험한 적도 없었다.

그의 권능을 지칭하는 단어는 허무(虛無)라고 불리고 있었지만 그것은 그의 성격적인 특성을 담은 뜻일 뿐이었다.

그는 대신전의 통제력에서 유일하게 벗어나 있는 초월자 중의 초월자.

"지금 무슨 소리를 하고 있는 거지?"

루인이 이상한 반응을 보이자 기메아스가 그를 빤히 바라보며 되물었다.

"또 무슨 말을 하려구?"

"난 사히바와 샤흐나를 상대하겠다고 말한 적이 없는 것 같은데."

"엥? 넌 분명히 약해진 대신전을 먼저 치자고 한 것 같은데?"

먼저 치자는 말이 함축하고 있는 의미야 뻔한 것.

그러나 루인은 천연덕스럽게 웃고 있었다.

"미안. 내가 오해하도록 말했군. 그럼 분명하게 말하지. 난 그들과 싸우지 않을 거야."

"……그건 또 무슨 소리인가?"

대화가 이어지면 이어질수록 아그네스는 혼란스러웠다.

루인의 말이 그만큼 종잡을 수 없었기 때문.

"당신들의 반응을 미뤄 볼 때 방금 샤흐나를 데려간 건 사히바인 것 같더군."

"한데……?"

"샤흐나는 이 자리에서 우리들의 대화를 모두 들었지. 한데 왜 우리에게 아무런 일도 일어나지 않는 거지? 샤흐나가 그에게 모두 이야기했을 텐데?"

그러고 보니 그랬다.

테아마라스가 외부 세계에 있다는 말부터 대신전을 치자는 루인의 주장까지.

분명 그녀는 많은 것을 들었다.

만약 그들이 대신전과 한 몸이라면 지금 이 자리에 사히바가 나타나 권능을 뿌려 대도 이상하지 않은 일이었다.

"우리가 모르는 뭔가가 있다는 말인가?"

"아직 구체적인 이유는 나도 모르겠군."

루인이 침묵하자 아그네스도 함께 긴 신음을 삼켰다.

정말 이곳의 모든 초월자들이 놓치고 있는 부분이었다.

"듣고 보니 일이 재밌어지네? 그들과 마법사 사이의 동맹 관계가 그렇게 완벽한 고리는 아닌가 봐? 그치?"

제란이 날카롭게 눈을 빛냈다.

"그들의 협력 관계를 깰 만한 뭔가가 저 녀석의 입에서 흘러나온 것일 수도 있겠지."

루인의 예상도 제란과 같았다.

분명 자신이 했던 말들 중에서 테아마라스와 사히바 사이의 관계를 깰 만한 뭔가가 불거져 나왔음이 틀림없었다.

물론 아직 그건 가정의 영역.

정작 루인이 궁금한 것은 다른 곳에 있었다.

"인류의 첫 쌍이 왜 자신들의 모든 후대를 미워하는 거지?"

루이즈가 살핀 샤흐나의 마음, 그 거대한 증오는 인류 모두를 향해 있었다.

하지만 루인은 아무리 골몰해 봐도 마땅한 이유가 떠오르지 않았다.

"뭐, 하나는 확실하네. 그들의 증오가 마법사와의 동맹

관계를 맺는 데 가장 결정적인 이유였다는 거."

"그건 나도 잘 모르겠네. 사실 나 역시 계속 그 이유를 생각하고 있었지."

인류의 첫 쌍과 오랜 시간을 함께 지낸 초월자들조차도 이유를 모르겠다는 상황.

일단 루인은 상념을 털어 냈다.

지금은 답을 구할 수 없는 문제에 집중하기보다 당면한 상황을 먼저 정리해야 했다.

불사의 군주, 제란이 자리에서 일어났다.

"어차피 우리의 대화를 모두 듣고 있을 것이다. 그럼에도 이렇게 반응이 없다는 건 그에게도 생각할 시간이 필요하다는 뜻."

아그네스가 당황해하며 되물었다.

"이, 이곳은 당신의 권능이 지배하는 영역이오. 아무리 사히바라도 이 먼 거리를 엿듣는다는 건……."

"그는 가능하다. 샤흐나도 가능했으니까."

"허……?"

이곳에서 영원의 마력샘까지는 수백 킬로가 넘는 거리.

하지만 다름 아닌 제란의 말이었다.

최근 들어 그는 샤흐나와 매우 친밀하고 각별한 관계를 유지하고 있었다.

"하나 당신의 영역 어디에서도 그의 권능을 느꼈던 적은 없었소."

"그건 권능이 아니다."

"그럼……?"

루인이 호기심 어린 표정으로 제란에게 물었다.

"설마 순수한 청력……?"

"그렇다."

초월자들은 입을 다물지 못했다.

수백 킬로 거리를 엿들을 수 있는 청력이라니?

그런 일이 실제로 가능하다면 그 자체로 이미 권능이라 불려야 함이 마땅할 터였다.

"수인족과도 비교조차 되지 않는군."

극도로 민감한 수인의 청력도 그 범위는 고작 몇 킬로로 제한된다.

루인은 감탄하면서도 오히려 잘됐다는 듯이 웃고 있었다.

"그렇다면 일이 쉽게 흘러가는군. 잘 들어라. 사히바."

씨익.

"과연 놈이 멸절하려는 그 인류에서 당신들은 예외일까?"

루인은 확신하고 있었다.

지금은 놈과의 동맹인 저 인류의 첫 쌍마저 과거에 모두 소멸됐다는 것을.

◆ ◈ ◆

　사히바가 엿들을 수 있다는 정보를 접한 순간부터 루인은
더욱 여유롭게 굴었다.

　초월자를 규합하든 대신전을 급습하든 지금은 여느 때보
다도 빠른 판단이 필요할 때.

　더구나 가변세계의 시간이 수백 배나 빠르게 흘러간다는
사실을 알아차린 순간 누구보다 조급하게 굴었던 루인이었
다.

　한데도 루인은 헬라게아를 소환해 또다시 식재료와 조리
도구를 꺼내고 있었다.

　오히려 그런 그를 지켜보는 초월자들이 더욱 안달 나 있었
다.

　"대체 뭘 하려는 것이냐?"

　"배고프군."

　란시스와 루이즈를 제외한 생도들, 동대륙의 전사들이 다
가와 묵묵히 루인을 도왔다.

　그렇게 한 시간 정도가 지나자 그럴싸한 만찬 테이블이 다
시금 만들어졌다.

　일단은 먹고 봐야 할 문제.

　어떤 어지러운 상념도 금방 잊어버릴 만큼 초월자들에게
외부 세계의 요리는 참을 수 없는 것이었다.

기메아스가 끊임없이 과일을 입에 넣으며 우물거렸다.

"여, 역시 맛있어!"

루인은 당장 죽어도 좋을 만큼 상기된 표정을 하고 있는 기메아스를 무심히 바라보고 있었다.

"더 줄까?"

"웅!"

기메아스는 그야말로 엄청난 양의 과일을 끊임없이 입에 넣고 있었다.

영묘족의 아담한 체구가 믿기지 않을 정도.

그때 누군가가 희열이 가득한 표정으로 달려오고 있었다.

루이즈였다.

〈기메아스 님! 보았어요!〉

"응? 뭘?"

〈저의 그림자를……!〉

기메아스는 그대로 황당하게 굳어져 버렸다.

"아니, 그게 말이 돼?"

영묘족 중에서도 천상의 감각을 타고난 아이들조차 자신의 그림자를 깨닫는다는 건 일생일대의 도전이었다.

한데 내면의 그림자를 들여다보라고 지시한 지 이제 고작 일주일.

이건 단순히 재능이나 실력의 영역이 아니었다.

"정말이야?"

〈네! 타인의 감정이 느껴졌을 때처럼, 제게서 흘러나오는 감정의 파장을 똑똑히 느꼈어요!〉

루이즈의 저 말이 사실이라면 자신의 환영(幻影)을 절반은 배운 것이나 다름없었다.

기메아스가 그 좋아하는 과일도 마다하고 벌떡 일어났다.

"날 따라와."

〈……네? 네!〉

그렇게 기메아스는 꽤 심각한 얼굴로 루이즈를 데리고 사라졌다.

루인은 멀어지는 루이즈를 바라보며 웃고 있었다.

그녀가 기메아스의 환영을 배울 수만 있다면 어떤 식으로든 그녀의 마도가 크게 변화할 것이 틀림없었다.

'힘내라, 루이즈.'

루인은 기메아스에게 상당한 고마움을 느끼고 있었다.

루이즈의 재능이 대마도사가 살필 수 있는 영역 밖의 재능이었다는 걸 지금까지는 감히 상상하지도 못했던 것.

루이즈의 뛰어난 감각이 단순히 동조 감응력이나 마나 재밍에 있다고 믿어 온 자신이 우스워진 꼴이었다.

어쩌면 그녀가 초월자가 될지도 모르는 일.

그때 요리를 마친 다프네가 초월 마법사들이 앉아 있는 쪽을 향해 걸어가더니 이내 고아하게 인사했다.

"제 마도의 근원, 이름 모를 선구자께 인사를 올립니다."

다섯 명의 초월 마법사 중에서 가장 긴 수염의 마법사가 다프네의 독특한 수인(手印)을 관찰하며 흥미로운 표정을 했다.

"허허, 나의 마도를 따르는 아이인가."

엘고라(El-gorare).

위대한 뿌리의 창시자.

긴 수염의 초월 마법사가 자신과 동일한 수인으로 화답하자 다프네의 얼굴이 더욱 밝아졌다.

"정말 엘고라셨군요!"

긴 수염의 초월 마법사는 감상에 젖은 얼굴로 옛 추억을 음미하고 있었다.

어떤 마법사라도 자신이 창시한 학파가 끊이지 않고 이어지고 있다면 더할 나위 없이 기분이 좋을 것이었다.

"반갑네. 나는 아알킨이라고 하네."

"······네?"

아알킨.

그 이름을 모르는 마법사는 없었다.

타락한 마법사, 아알킨.

누구보다 존귀한 영역에 이르렀음에도 흑마법에 빠져 동료들을 살해한 악마.

입탑 마법사들이 평생을 두고 경계해야 할 불명예의 이름.

절대로 닮지 말아야 할 표본, 그의 악마적인 명성을 어렸을 때부터 듣고 자라 온 다프네로서는 지극히 당황스러운 상황이었다.

"어, 어떻게 당신이······?"

"또 이런 반응인가. 허허."

아알킨은 자신의 생애가 외부 세계에서 어떻게 왜곡되어 있는지를 진입자들을 통해 들어 알고 있었다.

이내 아알킨이 자조 섞인 웃음이 흘러나왔다.

"허허, 그대의 의문이 무엇인지는 나도 짐작이 가네. 하나 이 아알킨은 흑마법에 심취한 적은 있어도 결코 동료를 살해한 인간은 아니라네."

"그런······."

하지만 다프네의 표정은 풀리지 않았다.

흑마법에 심취했다는 것만으로도 역사에 악명으로 남을 충분한 이유가 되는 것이다.

"자네의 그 반응은 기이하군. 그대의 동료 역시 흑마법에 상당한 조예가 있는 듯한데."

이미 초월 마법사들끼리는 루인의 헬라게아가 흑마법에 기반한 아공간이라는 것을 확정 지은 상태였다.

백마법의 학파 어디에도 저러한 방식으로 아공간을 다루는 곳은 존재하지 않기 때문.

게다가 그가 뿜어 대는 마력 역시 백마법에 기반한 마력이라고는 생각할 수 없을 정도로 이질적인 것이었다.

"그건……."

다프네를 비롯한 생도들은 루인이 흑마법을 익히고 있다는 것을 알고 있으면서도 그 사실에 별다른 이질감을 느끼지 못하고 있었다.

그도 그럴 것이, 정의와 신념의 이름 하이베른이 마족과 계약한다는 것을 상상할 수 없었기 때문.

거기에 루인이라는 사람 자체가 흑마법의 타락성에 빠질 수 없는 인간이었다.

적어도 지금까지 지켜본 루인은 그런 사람이었다.

곁에서 듣고 있던 시론이 별안간 크게 외쳤다.

"루인은 다르다! 놈은……!"

시론은 금방 말꼬리를 흐트렸다.

반사적으로 거부감이 들었지만 이내 무엇이 다른지를 설명할 수 없었기 때문.

아알킨에 대해 아는 것이 아무것도 없었으니 당연한 일이
었다.

루인이 차가운 눈빛으로 생도들을 제지했다.

"그만해."

"……알았다."

그런 루인을 흥미롭게 바라보고 있는 아알킨.

열정적이고 순수한 어린 마법사들에게 흑마법에 관련된
문제는 결코 간단하게 다가갈 사안이 아닐 터였다.

그럼에도 저렇게나 완벽한 믿음으로 아이들을 장악하고
있다는 것.

그건 그 모든 것들을 상쇄할 수 있을 만큼 신뢰를 쌓았다는
걸 의미했다.

"전 인정할 수 없어요!"

결연한 표정의 다프네.

아알킨을 향한 그녀의 동공이 끊임없이 흔들리고 있었다.

"뭘 말인가?"

"마도의 대학파 엘고라가 어떻게 흑마법에……!"

이건 정체성의 문제.

아알킨이 진실로 엘고라의 창시자라면 그가 익힌 흑마법도
엘고라에 담겨 있다는 뜻.

평생을 심취하고 닦아 온 자신의 마도(魔道)가 흑마법에
영향을 받았다는 사실을 인지했을 때.

그녀는 마치 온몸에 벌레가 기어 다니는 느낌마저 들었다.

"잣대는 저마다 다를 것이나 마법은 그저 마법일 뿐이네."

시론에게 그것은 궤변에 불과했다.

"헛소리! 동인(動因)이 다르다!"

마법사의 동인.

흑마법을 구동하는 힘은 증오와 타락, 공포와 욕망이었다.

더구나 악마적인 존재에게 마력과 지혜를 공급받는 것부터가 이미 한 사람의 마도가 아니었다.

악마적인 존재에게 영혼을 저당 잡혀 자유 의지를 상실했다면 그걸 어찌 마법사의 마도라 부를 수 있겠는가.

흑마법 자체가 마법사의 본질인 마도(魔道)를 부정하는 것.

그것이 지금까지 생도들이 믿고 지지해 온 명확한 신념이었다.

"헤이로로도스의 술식."

"응?"

시론이 자신을 무심하게 쳐다보고 있는 루인에게로 시선을 옮겼다.

"테아마라스와 더불어 백마법의 역사에 선구자로 남아 있는 위대한 마법사. 한데 그런 자의 마법에서 익숙한 술식의 흔적을 느꼈었지."

헤이로로도스의 술식은 루인의 대표적인 마법.

그의 놀라운 성과를 마도학부 내내 지켜본 시론이었다.

"익숙한 술식의 흔적이라니? 그게 무슨 소리야?"

"마력의 구현 방식, 술식의 발현 과정, 전이 단계별 회로의 구성…… 그 모든 것들이 내가 알고 있는 흑마법과 너무 비슷하더군."

헤이로도스는 그가 살던 시대를 따로 칭송하며 부를 만큼 백마법의 역사에서 그 위상이 남다른 마법사였다.

마법사들의 존경심만 잣대로 삼는다면 오히려 테아마라스보다 더욱 대단한 명성을 지닌 대마도사인 것이다.

한데 지금 루인은 그런 엄청난 마도 시대의 영웅을 흑마법사라며 궤변을 늘어놓고 있었다.

"그게 무슨 소리야! 헤이로도스 님이 흑마법사라니! 그게 말이 되는 소리야? 누구도 아닌 네가 그런 말을 하다니!"

루인은 다름 아닌 헤이로도스의 전승자다.

자신의 뿌리를 폄훼하고 있는 그를 시론은 이해할 수가 없었다.

"헤이로도스의 '구유(九幽)의 불'은 놈의 작열 마법 '키오데라'의 완벽한 변형이었다."

"키오데라? 그게 뭔데?"

루인이 구유의 불을 시전했다.

화르르르르—

"이건 '구유의 불'이며 동시에 '키오데라'다. 헤이로도스의 다른 모든 마법들도 백마법의 체계에 맞게 변형된 흑마법이더군."

아알킨이 흥미로운 표정으로 루인을 쳐다봤다.

"키오데라……? 내가 아는 그의 마법이 맞는가?"

"그렇다. 헤이로도스는 처음부터 인간이 아니었다. 그저 테아마라스의 마법을 연구했던 대마신 므드라의 유희체였던 거지."

"대, 대마신?"

"아, 아니야! 절대 아니야!"

인류의 위대한 대마도사가 마계의 마신이었다는 말은 어린 생도들에게 있어서 충격을 넘어서는 공포 그 자체.

루인은 어느덧 다프네를 바라보고 있었다.

"다프네. 너의 '명왕의 숨결'을 처음 봤을 때 사실 난 이미 알아차리고 있었지. 그 마법이 '헤오잔타르(ЧЖʔ oуЗℂʘ)'의 변형이라는 것을."

크게 놀라고 마는 아알킨.

"……그걸 알아보았단 말인가?"

루인이 희미하게 웃다가 말을 이어 갔다.

"너의 엘고라뿐만이 아니야. 도서관에서 보냈던 내 모든 시간은 융합의 역사를 발견하는 시간이었다."

마법 생도들은 충격으로 굳어져 있었다.

루인의 말은 인간의 마법 문명 자체가 이미 오래전부터

흑마법의 방식과 체계를 받아들였다는 의미였기 때문.

"비단 흑마법뿐만이 아니다. 용족의 용마법, 요정의 정령술, 드루이드의 강령술, 타이탄족의 신비 마법, 이름 모를 고대의 마법 등…… 내가 확인한 건 지금까지 존재해 온 모든 마법의 이론들이 융합된 역사였지."

루인의 말대로라면 인간의 백마법이란 애초부터 하나의 잣대로 구분하는 것이 무의미한 학문이라는 뜻.

"그리고 마침내 저 패왕에 의해 알게 됐지."

-투기? 마력? 아직도 대륙은 그 의미 없는 경계를 신봉하고 있나?

쿠쿠쿠쿠쿠쿠

거칠게 맥동하기 시작한 루인의 융합 마력.

아니, 이미 그것은 생도들이 느껴 왔던 루인의 융합 마력이 아니었다.

패왕 바스더가 경악하며 외쳤다.

"미친놈!"

투기와 마력의 경계를 완벽히 무너뜨린 위대한 힘.

초월자들은 그 힘을 권능(權能)이라 부르고 있었다.

점점 잦아드는 루인의 잿빛 권능.

루인이 패왕 바스더를 향해 정중히 목례를 했다.

"고맙다. 내 오랜 마도의 끝…… 네 말 한마디로 인해 그 실마리를 잡았다."

"……."

"한데 이 힘을 이제 뭐라 불러야 할지 모르겠군."

자신의 이 잿빛 권능에는 융합 마력과 혈주투계, 헤이로도스가 모두 담겨 있었다.

좌아아아아아—

물밀듯이 소환되고 있는 잿빛 마력 칼날들.

그 무수한 칼날들이 가변세계의 하늘 전체를 새까맣게 뒤덮고 있었다.

패왕 바스더는 어처구니가 없다는 듯이 웃고 있었다.

"넌 정말 미친놈이다."

초월자(超越者).

인간의 한계, 필멸을 넘어선 존재.

그렇게 루인은 전생의 경지, 아니 그 이상을 새롭게 정복할 단서를 확인했다.

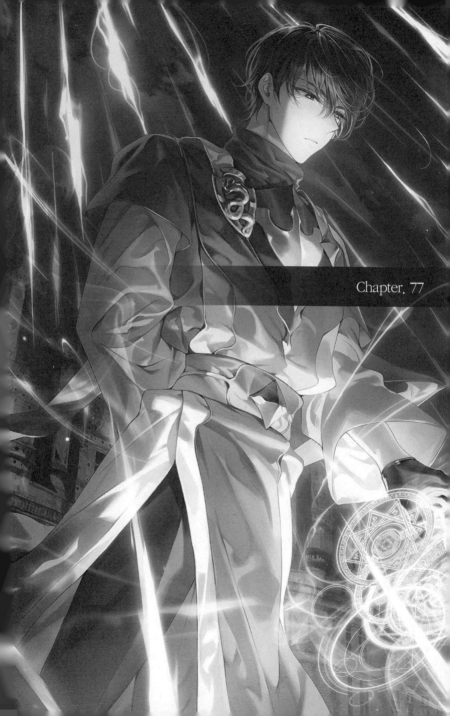

Chapter. 77

루인은 가변세계의 하늘을 뒤덮은 잿빛 마력 칼날들을 마치 실험하듯 자유롭게 다루고 있었다.

초월자들의 시선에도 개의치 않으며 그저 자신이 새롭게 얻은 힘에 대해서만 끊임없이 탐구하고 있는 것이다.

"아직 불완전하군. 무엇 하나 끊어 내지 못했다."

불사의 군주 제란의 짧은 감상에 패왕이 슬며시 웃었다.

"속단하긴 이르지. 저 녀석은 자신이 이제 뭘 해야 할지를 이미 알고 있는 눈치다."

엄밀히 말해 방금 루인이 새롭게 깨달은 경지는 완숙한 초월자의 경지라 하기에는 무리가 있었다.

샤이로벨의 흑마법과 혈주투계, 헤이로도스의 술식, 융합 마력 등 자신이 지닌 모든 능력을 하나의 체계로 통합했다는 것만으로도 물론 대단한 업적이었다.

그러나 그렇게 탄생한 통합의 권능만으로는 초월자라 부를 수 없었다.

그 권능으로 만물의 섭리와 연결된 자신을 끊어 내는 것이 선행되어야 했다.

자연법칙의 체계에서 스스로를 분리하여 완벽히 자유로워 지는 것만이 진정한 초월자가 될 수 있는 유일한 길인 것이다.

그때 시론의 비명 섞인 외침이 들려왔다.

"저, 저 녀석! 아무런 술식도 펼치지 않았는데 플라잉을 하고 있어!"

어떤 저항도 없이 점점 허공으로 떠오르고 있는 루인.

중력 역전(Reverse Gravity)의 술식을 펼쳤다면 그의 주위로 마력 왜곡장이 발생해야 함에도 아예 마력의 흔적조차 발견할 수 없었던 것이다.

언제나 차가운 얼굴을 하고 있던 제란의 눈빛이 크게 흔들리고 있었다.

"……놀랍군."

신이 설계한 자연 체계, 중력.

방금 저 루인은 그런 중력의 섭리에서 자신을 끊어 냈다.

세계의 섭리에서 스스로를 분리한 것이다.

이제 그는 뜻만 일으킨다면 어떤 장애도 없이 자유롭게 하늘을 날 수 있게 된 것.

"허허, 마치 초월자가 되기 위해 오래전부터 준비한 듯한 녀석이로군."

아그네스 역시 두 눈으로 지켜보고 있음에도 도무지 믿을 수가 없었다.

초월자는 이렇게 쉽게 탄생할 수가, 아니 탄생해서는 안 된다.

필멸을 초월하는 과정이 이렇게 쉬웠다면 인간의 역사에 얼마나 많은 초월자들이 득실거렸겠는가?

하지만 루인은 천천히, 끈질기게 세계의 섭리에서 자신을 분리하는 데 여념이 없었다.

질량, 가속, 관성, 밀도, 온도…….

마법과 술식의 근본 체계, 법칙처럼 여기고 있던 모든 자연적 섭리들이 그렇게 끊임없이 부정되고 있었다.

그러다 루인은 자신의 잿빛 권능을 일시에 거두었다.

초월자들에게 다가간 루인이 의미심장하게 웃고 있었다.

"왜 당신들이 그런 반응이었는지 이제 알 것 같군."

새롭게 얻은 잿빛 권능, 그리고 자신의 모든 지혜로도 결코 부정할 수 없었던 자연의 섭리.

그건 빛과 어둠, 그리고 시간이었다.

빛과 어둠은 아예 그 근원을 인식조차 할 수 없었고, 시간을 부정하려 했을 때는 까마득한 미지의 무언가가 자신의 사념을 완벽하게 가로막고 있었다.

그 장벽은 너무나도 철옹성처럼 단단해서 어찌해 볼 마음조차 일어나지 않았던 것.

인간이 시간에서 분리되는 것은 결코 불가능한 여정처럼 느껴졌다.

이러니 초월자들이 자신의 회귀(回歸)를 믿지 않았던 것이다.

'그럼 쟈이로벨은 어떻게……?'

아무리 마신의 자기희생 주문이었다고는 해도, 자신의 회귀를 가능하게 한 힘의 전부가 될 순 없었다.

물론 마신의 권능은 대단하지만 그런 마신도 악제 테아마라스를 넘어서진 못했기 때문.

쟈이로벨은 자신이 모르는 뭔가를 숨기고 있음이 틀림없었다. 외부 세계로 나가게 되면 반드시 그것부터 확인해야 했다.

그리고 빛과 어둠.

그건 시간을 넘어서는 하나의 절대성(絶對性)이었다.

대신전의 천사들이 왜 '하늘 광선'이라는 빛의 권능을 쓰고 있는지, 그리고 초월자들은 왜 그 힘을 두려워하는지 이제야 모두 이해가 된 것이다.

루인이 바스더를 쳐다보며 물었다.

"초월자들의 경지를 구분하는 기준이란 결국 섭리를 끊어낸 종류에서 비롯되는 건가?"

단숨에 초월자들의 사회, 이 가변세계의 생리와 실체를 직시해 오는 루인을 향해 바스더는 진심으로 감탄을 터뜨렸다.

"네놈은 정말 놀라운 존재구나."

희미하게 웃고 있는 루인.

그뿐만이 아니었다.

루인은 기메아스의 환영(幻影)이 왜 실체와 구분되지 않았는지, 패왕의 권능이 왜 그토록 혼돈(混沌)을 탐했는지를 모두 이해하고 있었다.

챠이로벨과 므드라 같은 마신들이 인간 세계에서 무엇을 찾고자 하였는지도 희미하게나마 추측할 수 있었다.

루인이 저 멀리 희미하게 보이는 영원의 마력샘을 시선으로 가리켰다.

"그럼 왜 마나에 집착하는 거지?"

초월자가 섭리를 부정하면 할수록 강해지는 거라면 마나에 집착할 이유가 없었다.

그 일은 정신, 즉 사념의 문제.

또한 자신이 이룩한 권능을 얼마나 잘 이해하고 활용하느냐의 문제였다.

순간 패왕 바스더가 크게 웃었다.

"크하하하! 네놈이 아직 거기까지에는 이르지 못했으니 참으로 다행이구나!"

초월자의 단면을 엿보자마자 자연의 체계로부터 자신을 끊어 내는 미친놈이었다.

그러나 신이 창조한 마나, 그 실체에 대해선 아직 아무것도 모르고 있음이 분명했다.

하기야 단 하루 만에 자신들과 동등한 경지를 이룬다는 건 정말 말도 안 되는 일이었다.

그렇게 한참 동안 웃음을 터뜨리다가 문득 정색하는 바스더.

"너. 내 제자가 돼라."

의외로 루인의 반응은 즉각적이었다.

"싫다."

한데 바스더는 마치 예상이라도 했다는 듯이 기괴하게 웃고 있었다.

"네놈은 아직 내 발끝에도 미치지 못한다. 나 같은 훌륭한 인도자가 있다면 손해는 아닐 텐데."

피식.

"당신의 혼돈은 나와 맞지 않아."

바스더는 기어코 최후의 패를 꺼냈다.

"지금의 네놈이 열 명이 더 있다고 해도 '마법사'와는 상대 조차 되지 않는다. 그래도 내가 싫은 것이냐?"

"그런 당신은 테아마라스를 상대할 수 있나?"

"뭣……!"

패왕의 역린을 건드린 루인.

바스더가 권능의 일부를 잃고 가변세계의 변방을 전전했던 것은 모두 테아마라스 때문이었다.

그 사실을 알고 있는 루인이 그런 패왕의 뼈를 때린 것이었다.

"당신의 제자가 된다는 건 내 가능성의 최대가 지금의 당신이라는 뜻이지. 싫군. 그런 무기력한 혼돈 따위."

"따, 따위……?"

루인은 말을 잇지 못하고 석상처럼 굳어져 버린 바스더를 뒤로하고 제란을 응시했다.

"차라리 불사(不死)라면 모를까."

하지만 불사의 군주, 제란의 투명한 동공에는 어떤 감정도 일렁이지 않았다.

"내 발자취를 세상에 남길 생각은 없다."

"호, 특이하군."

역시 제란은 여타의 초월자들과는 확실히 다른 점이 있었다.

초월자가 되어 이 가변세계에 갇혔어도 엄연히 영혼을 지닌 인간.

인간의 마음이 조금이라도 남아 있다면 욕망이 있게 마련인데 그에게선 어떤 욕망도 느껴지지 않았다.

특히 초월자들은 자신의 이름이 어떻게 역사에 남는지에 대해 가장 민감하게 반응하는 편이었다.

"특이할 것도 없네. 그는 불사(不死)니까."

아그네스의 그 말에 루인은 제란이 무엇으로부터 죽지 않는지를 이해하고 있었다.

어떤 수단으로도 소멸시킬 수 없는 한 인간의 신념과 영혼.

그가 얼마나 위대한 인간이자 무인인지를 비로소 실감한 것이다.

"넌 또 뭐야……?"

신이 난 얼굴로 만찬 테이블에 다가오던 기메아스.

루이즈의 재능이 얼마나 대단했던지를 설명하려 했던 그녀는 그대로 얼어붙어 있었다.

아그네스가 말했다.

"저 진입자의 권능이 하늘을 뒤덮고 있었는데도 몰랐단 말이오?"

방금까지 기메아스는 루이즈와 함께 자신의 환영 세계 안에 있었다. 루이즈에게 진정한 환영의 실체를 느끼게 해 주기 위함이었다.

"아, 아니 지금 그게 중요한 게 아니잖아! 저 녀석…… 지금 초월자가 된 거야……?"

외부 세계에서 온 진입자가 뜬금없이 초월자가 되어 버리다니?

이건 가변세계의 역사를 모두 뒤져 본다 해도 전무후무한 대사건이었다.

마치 스스로 가변세계에 갇히기를 자처하는 꼴.

기메아스는 대신전이 어떤 반응을 해 올지가 참으로 궁금했다.

"와…… 이건 정말 신선하네. 이런 일이 일어날 거라곤 상상해 보지도 못했어. 이제 천사들이 널 어떻게 규정할까?"

"듣고 보니 그렇군. 아무리 녀석이 초월자가 됐다고 해도 신상의 시험을 통해 가변세계에 진입했다면 엄연히 진입자의 신분. 천사 놈들이 과연 이 녀석을 가둘 수 있을까?"

"허허허……."

신이라도 이런 걸 예상이나 할 수 있었을까?

천사들이 루인의 진입자 신분을 유지시킬 것인가, 아니면 그가 가변세계의 새로운 죄수가 될 것인가는 그렇게 초월자들의 새로운 화두가 되고 있었다.

"이 청년을 가둔다면 대신전이 스스로 원칙을 깨는 셈. 참으로 재미있겠군그려, 허허."

그때였다.

"……."

"……."

"……."

어떤 전조도 없이 '무언가'가 만찬 테이블 사이로 생겨나듯 나타났다.

마치 처음부터 이 자리에 있었던 것처럼 서 있는 한 쌍의 남녀.

특히 루인은 극도의 허무(虛無)로 물든 남자의 눈동자에 마치 빨려 들어갈 것만 같은 기분이 들었다.

누가 말해 주지 않아도 알 수 있었다.

그가 인류의 첫 인간, '사히바'라는 것을.

촤아아아아아—

그렇게 인류의 첫 쌍 사히바와 샤흐나가 출현하자, 초월자들이 빛살처럼 사방으로 흩어져 일제히 자신의 권능을 드러냈다.

그들이 한꺼번에 뿜어 대는 압도적인 권능의 파동에 가변 세계 전체가 크게 진동하고 있었다.

쿠쿠쿠쿠쿠쿠—

그러나 루인.

오직 그만큼은 그저 사히바를 차분하게 바라보고 있었다.

물론 그의 두 눈동자에서 어떤 감정도 읽을 수 없었다.

그러나 역설적이게도 자신에게 적의가 없다는 사실만큼은 명확하게 인식할 수 있었다.

루인은 문득 궁금한 것이 떠올랐다.

"왜 당신들은 옷을 입지 않는 거지?"

사히바와 샤흐나.

이 인류의 첫 쌍은 언제나 태초의 모습 그대로였다.

물론 척박한 가변세계라 제대로 된 옷을 지을 수단이 없을 것이다.

하지만 대부분의 초월자들은 이면창조물들의 부산물로 갑주를 만들어 입고 있었다.

그것도 아니라면 저 기메아스처럼 권능으로 몸을 가리면 그만이었다.

루인의 질문은 일견 싱거운 질문처럼 들릴 것이다.

하지만 결코 아니었다.

옷을 입지 않는 행위가 저들의 독특한 자의식을 살필 수 있는 중요한 잣대라고 루인은 판단한 것.

물끄러미 루인을 바라보고 있던 사히바가 천천히 눈을 감는다.

그렇게 의식을 모은 그가 바라보고 있는 모든 공간을 자신의 허무(虛無)로 채웠다.

초월자들의 강대한 권능이 물에 씻기듯이 사라진 것이다.

각양각색의 표정으로 황당하게 굳어져 버린 초월자들.

특히 패왕의 얼굴이 가장 기괴하게 일그러져 있었다.

사히바의 허무가 이 정도라고는 상상조차 하지 못했던 것.

-묻겠다.

그건 절대언령도 마력으로 전해지는 목소리도 아니었다.

루인은 사히바의 음성이 자신에게만 전달되고 있음을 깨
달았다.

-미래로부터 온 것이 맞느냐?

사히바의 공허한 눈빛이 자신의 모든 본질을 해부하고 있
었다.

루인은 어떤 교묘한 거짓과 위선도 그에게는 통하지 않을
거라는 사실을 깨달았다.

마치 신(神)처럼 느껴졌다.

끄덕.

루인이 가볍게 고개를 끄덕이자 다시 두 눈을 질끈 감는 사
히바.

그가 다시 눈을 떴을 땐 상상도 할 수 없는 분노가 서려 있
었다.

사히바는 그런 자신의 분노를 설명하지 않고 있었지만 루
인의 표정은 어느덧 희열로 물들어 있었다.

자신이 저들의 동맹에 균열을 일으켰다는 것을 확신하고
있었기 때문.

그 순간.

콰아아아아아아아아아앙—

세상을 수십 번 멸절시킬 것만 같은 폭발음이 가변세계를 진동한다.

거대한 허무의 버섯구름이 저 멀리 치솟고 있었다.

초월자들이 경악했다.

"마, 마력샘—!"

"저럴 수가!"

마력샘.

그 영원할 것만 같은 신의 흔적이 언제 그랬냐는 듯이 깔끔하게 소멸된 것.

사히바를 응시하는 초월자들의 눈빛이 이제는 공포의 감정으로 얽히고 있었다.

"화는 그만 내시고—"

천연덕스럽게 웃고 있는 루인.

"이제 협상을 시작했으면 합니다만."

바스더와 기메아스의 낯빛이 일변했다.

생명체라면 응당 느껴져야 할 생기가 첫 인간 사히바와 루인에게서 순간적으로 사라졌기 때문이다.

마치 시간이 정지된 것처럼 굳어져 있는 루인을 살피며 기메아스가 샤흐나를 향해 소리쳤다.

"뭐가 어떻게 된 거야! 엄마!"

소리 없이 웃고 있던 샤흐나가 천천히 눈을 감는다.

"너희들의 운명……."

"응?"

"아니 어쩌면 모든 인간의 운명이 저 아이의 손에 달려 있을지도 모르겠구나."

"알아듣게 설명해 주시오!"

바스더의 외침에도 한참을 침묵하던 샤흐나가 천천히 눈을 떴다.

"저 아이는 사히바의 시험을 받고 있다."

"······시험?"

혼란스러운 바스더.

방금까지도 태연하게 말하고 있던 루인에게서 어떤 생명의 기운도 감지되지 않았다.

사히바의 권능도 씻기듯이 사라진 상태.

지켜보던 아그네스의 얼굴이 점점 놀라움으로 물들었다.

"영력조차 느껴지지 않소! 설마 지금 사히바께서는······!"

영력이 느껴지지 않는다는 것은 지금 저들의 육체에서 영혼이 사라졌다는 의미.

그 말인즉, 이제 이들의 영혼이 이 가변세계에는 존재하지 않는다는 뜻이었다.

아그네스의 그런 반응에 혼란스러워하는 태가 역력한 초월자들.

지금의 이 현상을 있는 그대로 받아들이자면 애초에 사히바를 이 가변세계에 가두는 일은 아무런 의미가 없었다는 뜻이었다.

가변세계라는 차원으로부터 자신의 영혼을 분리할 수 있는 존재.

더욱이 자신이 지정한 대상의 영혼과 함께 빠져나갈 수 있다?

그것은 이 자리에 있는 어떤 초월자도 상상조차 해 보지 못한 경지였다.

아니 애초에 그런 건 인간이 할 수 있는 게 아니었다.

"이해가 되지 않소…… 사히바께서 이 정도로 격(格)이 높은 존재셨다면 지금까지 왜 가변세계에……."

외부 세계로 자신의 영혼을 전이하는 것조차 가능하다면 새로운 육체를 차지하는 일은 어려움이라고 할 수도 없었다.

생도들이 초상화처럼 정지되어 있는 루인을 하염없이 바라보고 있었다.

◆ ◈ ◆

빛과 암흑.

오로지 흑백의 명암만 가득한 세계.

루인은 자신이 딛고 있는 대지를 차분하게 응시했다.

수정처럼 깨끗한 반사면이 자신의 육체를 흑백으로 비추고 있었다.

"……."

최후의 대마도사.

인류를 지키던 마도, 흑암의 공포.

놀랍게도 수정 바닥에 비친 자신의 모습은 하이베른가의 대공자가 아닌 그 옛날 대마도사의 모습 그대로였다.

자조 섞인 웃음을 머금던 루인이 고개를 들어 자신을 바라보고 있는 인간을 물끄러미 응시했다.

더없이 앳된 나체의 소년.

맑은 눈망울로 자신을 쳐다보던 소년이 웃으며 말했다.

"그 모습이 진정한 너로구나."

"아…… 당신."

인류의 첫 인간, 사히바.

인류의 최고령, 살아 있음이 믿기지 않는 존재가 앳된 소년의 모습을 하고 있으니 루인은 당황스러웠다.

"여긴 어디지……?"

그와 대화하다가 짧은 시간 동안 정신을 잃었다. 다시 눈을 떴을 땐 흑백의 세계가 펼쳐져 있었다.

자신의 동료들도 초월자들도 보이지 않았다.

시간이 얼마만큼 흐른 것인지 인식할 수도 없었다.

"걱정 말거라. 과거나 미래에 도달한 것은 아니다. 시간은 나도 어찌할 수 없는 것이니."

루인은 일단 안심했다.

기억도 하지 못하는 사이에 자신이 이만큼이나 늙어 버릴 정도로 시간이 흘렀다면 그야말로 최악의 상황.

"그 모습은 네 영혼의 본질이다. 마법사의 방식대로 설명하자면 영혼이 인식하고 있는 인식계(認識界)지."

루인은 사히바의 말을 뒤로하고 다시 사방을 둘러보았다.

어떤 광원도 없음에도 빛과 어둠이 혼란스럽게 찢어져 있었다.

마치 불규칙한 마법 프리즘 내부를 관찰하고 있는 것만 같았다.

"난 이런 곳을 본 적이 없는데."

루인의 눈빛은 극도로 차가웠다.

이곳이 자신의 영혼이 인식하고 있는 인식계라면 어째서 생전 처음 보는 광경이 펼쳐져 있단 말인가?

"그건 당연하다. 이곳은 세상의 태초니까."

세상의 태초라니?

그럼 여기가 우주와 차원이 태어난 장소란 말인가?

"그 옛날의 난 이곳에서 하염없이 기다렸다."

"여기가 세상의 태초라고?"

"그래. 난 모든 걸 지켜봤다. 태양과 두 개의 달이 생겨나고 바다가 차올랐지. 그러자 바람이 일었다. 바람은 미지의 어딘가로부터 씨앗을 가져왔고 그렇게 숲이 생겨났다."

그제야 루인은 자신이 사히바의 인식계, 즉 그의 기억으로 초대되었다는 사실을 깨달았다.

비록 짧은 설명이었으나 그가 얼마나 오랜 시간 동안 세계의 탄생을 지켜봐 왔을지가 상상됐다.

"나 이외의 다른 생명을 발견한 건 그 열 배의 시간이 흐른 후였다."

사히바의 설명대로라면 인류학의 역사를 다시 써야 했다.

모든 자연이 창조된 이후에 인간이 탄생했을 거라는 것이 세상의 학자들이 믿고 있는 정설이었다.

한데 사히바의 설명은 오히려 그 반대.

그건 마치 인간이 아니라 신의 관점에서 관찰한 듯한 설명이었다.

"한데 그렇게 탄생한 동물들 중에서 나와 놀라우리만치 닮은 생명체들이 있었다."

"뭐……?"

멍하니 굳어 버린 루인.

"그래. 그건 너희들, 인간이었다. 나와 같은 영혼을 지닌, 이성적인 사고를 하는 신기한 생명체."

지금까지 인류가 믿어 온 태초(太初), 그 신비의 역사가 다름 아닌 첫 인간 사히바의 입으로 부정되고 있었다.

"그럼 인류가 당신에게서 비롯된 것이 아니란 뜻인가?"

"……"

사히바는 말이 없었다.

충격으로 얼룩진 루인의 표정을 그저 무심하게 바라볼 뿐이었다.

"나는 나와 비슷한 본질을 발견한 것만으로도 기꺼웠다. 그들에게 말을 가르쳤고 불을 다루는 법을 가르쳤다. 그들은 나에게 배운 방식대로 생존했고 또 융성했다. 그들의 사회는 금방 거대해졌다."

"잠깐."

"끝까지 들은 후에 말해라."

쿠우우우우웅-

어지러운 흑백 세계의 하늘에서 커다란 광원이 생겨났다.

찬란한 빛살로 세계를 드리우는 존재, 태양이었다.

"그들은 나와 다른 점이 있었다. 죽음. 나에 비하면 그들의 삶은 그야말로 찰나였다. 점멸하는 불꽃처럼 끝없이 태어났고 죽기를 반복했다. 그러면서도 생명의 주기는 점점 짧아졌다."

"……."

"가까운 인간들이 계속 죽었다. 나는 기억이 소멸되어 가는 듯한 느낌, 그 저릿한 감정이 생경했다. 무언가를 잃는다는 것, 내 것이 떨어져 나가는 걸 나는 도저히 참을 수 없었다."

루인은 사히바의 다른 모든 설명보다도 그의 입에서 무의식적으로 튀어나온 '내 것'이라는 표현에 가슴이 서늘해졌다.

그 서늘한 기분이 어떤 감정에 기인한 건지 알 수는 없었지만, 지금까지 겪은 어떤 공포보다도 더한 전율이 온몸에 치밀고 있었다.

"그래서 당신은 뭘 했지?"

한참을 침묵하던 소년 사히바의 두 눈이 별빛처럼 타올랐다.

"그들에게 죽음을 극복할 수 있는 지혜를 주었다."

"뭐?"

"세계의 탄생을 지켜본 나만이 이해하고 있던 섭리. 자연의 인과율을 이용하고 비틀 수 있는 권능. 그 지식을 그들에게 남김없이 전했다."

"설마……!"

"마나(Mana), 에테르(Ether), 오러(Aura)…… 그들은 각자의 방식대로 내 지혜를 해석했다."

아련한 감상에 빠진 듯 사히바의 눈빛이 따뜻해졌다.

그는 오랜 기억의 집에서 꺼내듯이 자신의 과거를 음미하며 떠올리고 있었다.

"그렇게 나와 함께 영원을 사는 이들이 늘어났다. 나는 기꺼웠다. 더없이, 한없이 기꺼웠다. 더 이상 나는 내 기억을 잃지 않을 수 있었다."

필멸의 굴레를 벗어던진 초월자들의 탄생.

인간에게 주어진 그 위대한 권능이 사히바의 호의에서 비롯된 일이라는 건 루인에게도 큰 충격이 아닐 수 없었다.

혼란스러운 루인.

사히바의 설명을 들으면 들을수록 그는 자신이 알고 있는 신화 속의 한 존재와 겹치고 있었다.

태초를 이해하는 유일한 자.

생명과 마나를 창조하여 인류를 번영으로 이끈 존재.

단 하나, 자신이 창조의 주체가 아니라는 설명을 제외한다면 그는 모든 면에서 그 존재와 유사했다.

"태초신?"

더없이 충격적으로 굳어져 있는 루인의 표정.

"그들이 날 부르는 이름은 다양했다. 너의 그런 표현도 그중에 하나였다."

모든 신들의 위에 군림한다는 그 위대한 신격(神格)이 고작 사히바라는 건 충격이 아닐 수 없었다.

한데 그의 설명에 뭔가 빠진 것이 있었다.

'존재'들.

세상에 창조되고 인류가 번영하기 이전부터 존재해 온 신(神)들.

"그럼 대체 주신(主神) 알테이아와 같은 신들은 뭐지?"

희미하게 웃는 사히바.

"그들은 나의 지혜를 받아들여 처음으로 영원을 살게 된 아이들이다."

"최초의 초월자들?"

첫 인간 사히바가 인류의 탄생을 지켜보았을 시대부터 초월자로 살아온 게 사실이라면 대체 그들의 나이는 얼마란 말인가?

최소한 수십만 년, 아니 어쩌면 백만 년이 넘을 수도 있었다.

그렇게 오랜 세월 동안 쌓아 올린 권능과 격(格)이라니…….

루인은 그 경지를 감히 상상조차 할 수 없었다.

"인간이라니……."

주신을 포함한 모든 신들의 근원이 순수한 인간에서 비롯되었다는 건 루인에게도 커다란 충격이 아닐 수 없었다.

이 일이 알려진다면 인류의 신화는 물론이거니와 모든 신전의 경전을 다시 써야 했다.

아니, 인간들이 믿고 있는 종교 자체가 유지될 수 있을지조차 의문이었다.

"천사들은 뭐지? 대신전은? 게다가 가변세계는?"

존재, 즉 신들과 계약한 천사들.

거기에 그런 천사들로 구성된 대신전.

무엇보다 가장 의문스러운 것.

자신과 함께 영원을 보낼 인간이 늘어나는 것이 그렇게 기꺼웠다면서 대체 왜 잡아 가두었단 말인가?

"그들도 너희들처럼 인간이다. 다만 그들은 육체를, 그리고 영혼의 일부를 잃었지."

"뭐……?"

천사가 인간이었다고?

그것도 영혼의 일부를 잃은?

루인은 사히바의 설명을 선뜻 받아들일 수가 없었다.

육체의 소멸은 이해가 되지만, 영혼이면 영혼이지 그 일부를 잃었다는 설명은 도저히 이해가 되지 않았다.

딱 하나, 저 사히바의 말을 해석할 수 있는 것이 하나 남아 있긴 했다.

"설마 초월자의 사념을 말하는 건가?"

자신의 영혼을 쪼개어 만들어 내는 의식 사념(思念).

루인이 직접 겪었던 사홀의 사념체, 그리고 악제에게 수도 없이 시달려 온 권능이 바로 그것이었다.

"세계를 지키기 위해 스스로 영혼을 해체하여 사념으로 남은 인간들이 있었다. 하지만 사념은 영원을 존속하는 데 한계가 있다. 그래서 계약이 필요하지."

루인에게 사히바의 뒷설명은 들리지 않았다.

가장 중요한 문제.

도대체 이 세계를 누구로부터 지키느냐였다.

"초월자의 탄생을 그렇게 기꺼워한 당신이다. 한데 왜 이 가변세계에 초월자들을 가두는 거지? 아니, 애초에 이 가변세계를 누가 만들어 낸 거지?"

긴 세월 동안 무기력하게 기다려 온 존재.

사히바는 그저 세계의 탄생을 지켜본 자였다.

신에 비견되는 권능을 지니고 있었지만 결코 창조의 능력은 없는 것이다.

그에겐 결코 가변세계라는 차원을 창조해 낼 능력이 없었다.

"날 소멸시키려 했다."

"……누가?"

극도의 허무, 공허한 사히바의 두 눈이 루인을 응시하고 있었다.

"이 세계를, 날 만든 자가."

그즈음 이곳저곳에서 물줄기가 뿜어져 흐르기 시작했다.

사히바가 기억하는 세계의 태초.

점차 지면 위에 얼룩져 가는 대양을 루인이 어떤 감정도 없이 차갑게 바라보고 있었다.

"웃긴 소리. 이 우주에서 창조자의 목소리를 전해 들은 자는 존재하지 않는다."

차원과 마나, 그리고 무수한 생명체를 창조한 절대적인 존재, 즉 창조신은 결코 자신의 피조물에 의지를 전달하지 않는다.

대악신 발카시어리어스조차 자신이 존재한 모든 날 동안 창조자의 대답을 듣기 위해 고군분투해 왔다.

하지만 그런 마계의 절대자조차도 창조자의 화답을 듣는 데 실패하고 만 것이다.

대악신 발카시어리어스의 유일한 목적은 마계 정벌도 우주의 파멸도 아니었다.

억겁 동안 고통받았던 의문의 해결.

그의 유일한 목적은 자신의 근원을 밝히는 일이었다.

오직 창조주와 대면하는 것만이 그가 살아가는 이유였으며, 그 일을 위해서라면 그는 어떤 짓도 저지를 수 있는 자였다.

한데 그런 우둔한 창조주가 한낱 피조물을 소멸시키려는 자신의 의지를 드러냈다? 그것도 당사자에게 직접?

전생의 기억을 생생하게 기억하고 있는 루인에게 그런 말은 농담처럼 들릴 뿐이었다.

"그를 아느냐?"

사히바의 진지한 표정에 루인은 피식 웃음이 터지고 말았다.

창조주.

지난 생의 발카시어리어스는 아예 그의 존재 자체를 발악적으로 부정하고 있었다.

세계의 섭리에 대해 누구보다도 뼈저리게 이해하고 있는 자가 자신이 저절로 생겨난 존재라고 믿어 버린 것이다.

후우우우웅-

태초의 바람이 불기 시작했다.

루인이 초목을 틔워 나가는 세계를 무심히 관찰하며 입매를 비틀었다.

"질문이 틀렸다 사히바. 이 땅 위의 모든 인간들은 창조주와 직접 상호 작용을 해 본 역사가 없다. 나 역시 그의 존재를 증거할 만한 어떤 실증적 근거도 발견하지 못했다."

"역시 마법사답군."

루인은 의문스러웠다.

대체 사히바는 창조주의 어떤 단면을 경험했길래 이토록 확신하고 있는 거지?

그런 의문을 루인의 눈빛에서 읽었는지 사히바는 곧장 입을 열었다.

"나 역시 그와 직접 대면하거나 대화를 해 본 것은 아니다. 다만 그의 생각을 읽을 수 있는 확실한 근거가 내게 찾아왔지."

"근거?"

그 순간 사히바의 기억 속 세계가 일순간에 바뀌었다.

루인도 익히 경험한 가변세계의 풍경이었다.

"바로 이것이다."

"가변세계가 어떻게 창조주의 화답이 되는 거지?"

이어지는 사히바의 대답에 루인은 크게 놀라고 말았다.

"오직 나, 이 사히바를 가두기 위해 창조된 차원이기 때문이다."

황당하기 짝이 없는 말이었다.

그렇다면 지금도 가변세계에서 죽지 못해 살아가는 초월자들은 대체 무엇이며 또한 대신전의 존재는 어떻게 설명할 수 있단 말인가?

그때 루인의 뇌리에 하나의 생각이 전광석화처럼 스쳐 지나갔다.

사히바, 아니 인간들에게 태초신이라고 알려진 존재.

그리고 그런 사히바를 따르는 첫 초월자 집단, 즉 '존재'들.

게다가 스스로 영혼을 쪼개어 사념으로 남기를 자처한 천사들까지…….

마치 그건 하나의 목표를 위해 달려가는 결사대 같은 느낌.

"설마 당신……!"

"그렇다. 내가 대신전이다."

대신전.

외부 세계의 초월자들을 강제로 이 가변세계에 가둔 자가 다름 아닌 사히바 그 자신이었던 것.

루인은 도저히 받아들일 수가 없었다.

인간에게 죽음을 초월하는 방법을 알려 준 존재는 다름 아닌 사히바였다.

영원을 살게 된 인간들과 살아가며 그렇게 기꺼웠다는 자가 이 지옥 같은 가변세계에 인간들을 가둔다?

이건 일의 앞뒤가 맞지 않았다.

더욱이 이 가변세계는 결코 사히바를 가두는 감옥이 될 수 없었다.

"대체 왜지? 당신이라면 충분히 이 가변세계를 탈출할 수 있었을 텐데?"

자신의 기억 속으로 타인의 영혼을 불러들일 수 있는 자.

그 정도로 영격이 드높은 존재라면 자신의 영혼을 다른 차원으로 이동시키는 것도 충분히 가능할 것이다.

그 순간.

지이이이이잉-

가변세계의 하늘에 무수한 선(線)들이 생겨나기 시작한다.

무한으로 증식해 나가던 그 은빛 선들은 마치 그물처럼 하늘을 빼곡하게 뒤덮고 있었다.

"저것이 오직 내 눈에만 보이는 그물이다."

"뭐……?"

"나를 제외한 모든 이들에겐 아무런 제한도 주지 못하는, 오직 이 사히바에게만 적용되는 우주의 섭리지."

가변세계의 하늘 전부를 빼곡하게 뒤덮고 있는 영혼 그물.

"그럼 정말 창조주가 저 그물을 만든 거라는 건가?"

"난 그렇게 믿고 있다."

"대체 왜? 무슨 이유……."

순간적으로 깨달아 버린 루인.

인간들에게 필멸을 극복할 수 있는 방법을 알려 준 사히바였다.

만약 인간의 수명이 창조주의 설계라면…….

인간의 불멸은 섭리의 위배이자 우주의 질서를 파괴하는 일.

그렇다면 이 가변세계는 창조주의 설계를 더럽힌 사히바의 감옥으로 비로소 어울렸다.

이 모든 일들이 창조주의 화답이라는 사히바의 말은 결코 허황된 주장이 아닌 것이다.

한동안 루인은 말이 없었다.

모든 것을 이해한 그 순간에도 초월자들을 가두려는 사히바의 행동까지는 도저히 받아들일 수가 없었던 것.

"누구도 아닌 당신이 직접 저지른 일이다! 당연히 창조주의 형벌을 감당하는 것 역시 오직 당신의 일! 한데 대체 무슨 이유로 인간들을 가두려는 거지?"

기이한 표정으로 대답하는 사히바.

"네 말에 이미 정답이 있는 것 같은데."

"뭐?"

"창조주의 형벌을 감당하는 것이 내 몫이라면…… 나로 인해 생겨난 인과를 수습하는 것 역시 내 몫이다. 인간의 불멸이 이 세계에 재앙을 초래한 거라면 당연히 그 인과를 거둬들여야 함이 마땅하다. 아닌가?"

얼핏 들으면 논리적으로 들리겠지만 그것은 명백한 궤변.

그제야 루인은 이 사히바가 인간을 어떻게 인식하고 있는지를 보다 명확히 이해할 수 있었다.

무심결에 그에게서 흘러나온 '내 것'이라는 표현.

분명 이 사히바는 인간을 자신의 소유물로 인식하고 있었다.

묘하게 비틀려 있는 그의 미소가 비로소 소름이 돋았다.

"우리 인간을…… 당신의 소유물처럼 여기는 건가?"

짙어지는 사히바의 미소.

"처음엔 그런 줄로만 알았다."

"뭐?"

다시 사히바의 기억 세계가 태초의 초원으로 돌아갔다.

"흑백의 세계, 그 깨진 유리와 같은 세상에서 내가 건딘 시간은 그야말로 억겁이었다. 난 언제나 그저 선 채로 의문만을 품고 있었지."

"……"

"난 그렇게 건디면서 한 번도 다른 존재를 인식해 본 적이 없었다. 아니 내 주변의 뭔가가 변화할 수도 있다는 것을 아예 모른 채로 살아왔지."

"……"

"그런 내 세계에, 생경한 빛이 생겨나고 어둠이 내려앉았다. 삭막한 땅에 태양이 생겨나고, 녹음으로 얼룩졌다. 그리고 너희들 인간이 내 일상에 닥쳤다."

그즈음 루인은 사히바, 그의 정신에 이입하고 있었다.

"선물이라 여긴 건가."

고개를 끄덕이고 있는 사히바.

"빛과 어둠, 아름다운 자연, 그리고 나를 닮은 인간들. 그렇다. 단 한 번도 화답해 주지 않았던 나의 창조주가, 이 사히바에게 내린 첫 선물이었다. 내 무한했던 고독, 그 지옥 같은 고통에서 날 해방시켜 준 것이다."

사히바가 홀로 보낸 억겁의 시간.

공허(호虛)에서 만 년 이상을 견뎌 온 루인이었기에 그 고통을 조금이나마 이해할 수 있었다.

그나마 자신은 쟈이로벨이라도 함께 있었기에 망정이지 만약 혼자였다면…… 그건 정말이지 상상도 하기 싫었다.

"한데 빛과 어둠, 물과 바람으로 빚어진 이 모든 자연이…… 내게 안배된 축복이 아니라 너희의 축복이었다는 걸 깨달았다."

사히바는 무표정하게 말하고 있었지만 루인은 등줄기로부터 치미는 전율을 참을 수 없었다.

그의 허무(虛無).

사히바의 가슴속 깊이 자리 잡고 있는 그 무색무취한 감정.

그러나 그 감정의 실체는 놀랍게도 분노였다.

극도로 제어된, 더없이 순수한 증오의 결정체들.

"나는 그의 실험이요, 곧 실패다. 난 쓸모를 다한 그의 인형이며, 버려진 씨앗이다. 나는…… 나는……."

"왜 그렇게 생각한 거지?"

루인의 질문에 사히바는 참을 수 없다는 듯이 이를 악물었다.

잠시간의 침묵이 그의 얼굴을 악마처럼 일그러뜨려 놓았다.

"영원을 살게 된 나의 아이들 중 몇몇이 빛을 깨닫고 다루기 시작했다."

"빛?"

하늘 광선.

천사들이 다룬다는 그 초월적인 권능.

"빛은 나의 유리된 세계를 비추던 한 줄기 광명이었다. 그것은 내 모든 염원으로도 닿을 수 없는 창조주의 영역이었다. 너희 인간은 그 힘을 그렇게 아무렇지도 않게…… 그의 축복을 타고난 것은 내가 아니라 너희들이었다."

-너희들 인간은…… 태초신의 축복을 타고났다.

-태초신의 축복이 인간에게 어떻게 작용하는지는 나도 모른다. 하지만 태초신의 축복이 너희 인간족에게 깃든 것은 확실하다.

-확실하다. 인간에게는 태초신의 의지를 읽을 수 있는 잠재력이 있다. 태초신의 의지에 화답하는 순간 너희 인간들은 그의 권능을 이어받게 된다.

태초신이라는 오해가 있긴 했지만, 쟈이로벨 또한 분명 자신에게 그런 비슷한 말을 한 적이 있었다.

다만 그것이 '빛'이라는 다소 추상적이고 단순한 권능이라는 것은 의외였다.

무엇보다 그 하늘 광선이라는 것이 창조주의 의지를 잇는 거대한 힘이라면, 그들이 사히바를 아직도 따르고 있다는 건 말이 되지 않는 일이었다.

분명 그 '존재'들 중에서 사히바를 압도하는 권능을 지닌 초월자도 생겨났을 테니까.

'그렇다는 건……'

사히바의 시대로부터 이어져 온 첫 초월자 집단.

그들 모두가 지금까지 사히바를 추종한다는 건 난센스에 가까운 일이었다.

씨익.

"당신과 뜻을 달리하는 '존재'들도 있겠군."

"……."

사히바는 굳이 부정하지 않았다.

다만 그를 추종하는 자들과 그렇지 않은 자들의 힘의 차이까지는 루인도 짐작할 순 없었다.

그러나 하나.

이 사히바와 테아마라스의 이익 관계는 분명하게 유추할 수 있었다.

"혹시 테아마라스가 당신의 뜻을 반대하는 '존재'들을 토벌해 주겠다고 약속한 건가?"

"……."

"그 대가로 당신은 초월자들이 외부 세계로 탈출하지 못하도록 철저하게 가변세계를 통제하고 있는 거겠군."

"……."

"초월자들을 마력샘에 미치게 만든 것 또한 당신 작품이겠고."

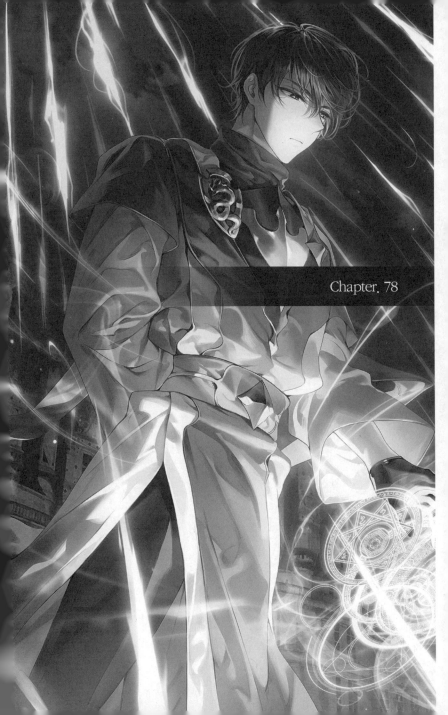

Chapter. 78

사히바는 진심으로 놀라는 눈치였다.

자신이 지금까지 경험한 그 어떤 인간보다도 치밀한 심계
의 보유자.

마법사.

테아마라스, 그가 자꾸만 생각이 났다.

"묘하게 닮아 있군."

사히바의 묘한 어감에 루인이 눈살을 찌푸리며 다시 입을
열었다.

"자, 그럼 소감은?"

"무슨······?"

피식.

"당신을 반대하는 '존재'들뿐만이 아니라 전 인류를 소멸시키려는 것이 놈의 계획. 당신의 귀가 그렇게 밝다면 분명 들었을 텐데."

"그런 일은 일어날 수가 없다."

창조주의 축복을 받은 존재.

창조주가 그런 엄청난 일을 방관할 리가 없었다.

하나 루인의 차가운 두 눈은 흔들림 없이 사히바를 직시하고 있었다.

"분명하게 일어난 일이다. 창조주? 내가 아는 미래에는 그 비슷한 것도 나타나지 않아."

세계의 멸망.

인간이라는 종족의 파멸.

루인이 예의 새하얀 미소로 웃었다.

"난 이제 알겠는데."

"……?"

사히바의 당황스러운 눈빛을 루인의 미소가 송곳처럼 파고든다.

"당신의 감옥, 이 가변세계 말이야. 당신의 말이 모두 사실이라면…… 악제 놈이 소멸시킨 것 같진 않거든."

그 말에 사히바가 그대로 굳어 버렸다.

말로 형용할 수 없는 감정, 극도의 허무감이 사히바를

휘감는다.

루인의 말이 맞았다.

영혼 그물이 감싸고 있는 이 가변세계야말로 창조주의 의지 그 자체.

테아마라스가 아무리 대단한 마법사라고 해도, 아니 그와 계약한 발카시어리어스가 직접 나선다고 해도 이 창조주의 공간을 결코 소멸시킬 수 없을 것이다.

엄연한 '단위 차원'이라 할 수 있는 가변세계의 소멸.

그런 일을 할 수 있는 존재는 단 하나, 이 가변세계를 만든 장본인, 창조주뿐이었다.

"왜……?"

의문을 가득 담고 있는 사히바의 두 눈.

루인은 그를 향해 보기 좋게 이죽거렸다.

"당신 말대로 당신이 실패고 우리가 성공의 결과물이라면 모두 설명이 되잖아? 그의 최대 업적이 우리 인간이라는 건데 그런 인간을 모두 없애 버렸다? 그 모든 일의 배후가 당신이었다? 당연히 소멸을 당해도 싸지. 너무나 자연스러운 인과(因果)다."

여전히 사히바는 눈빛에는 혼란스러움이 가득했다.

"……이해할 수가 없다. 가담자인 내가 소멸된다면 인류사멸을 직접 실행한 그놈 역시 반드시 소멸될 것이다. 테아마라스는 그렇게 어리석은 아이가 아니다."

"악제? 놈이 죽어?"

악마처럼 일그러져 있는 루인의 얼굴.

미증유의 증오, 참을 수 없는 분노가 모두 살기가 되어 그의 두 눈에서 무섭게 폭사되고 있었다.

"놈은 결단코 죽지 않아. 뿐만 아니라 인류의 말살을 목표로 한 그 순간부터 놈은 가변세계의 소멸을 예상했을 거다."

"……."

더욱 당황한 빛으로 굳어진 사히바.

루인의 대답은 그야말로 황당하기 짝이 없는 주장이었다.

대체 어떤 피조물이 창조주의 의지를 무시하고 생존을 담보할 수 있단 말인가?

무엇보다 테아마라스의 목표인 인류 말살, 그 목적과 당위성을 이해할 수가 없었다.

"그 아이는 대체 왜 인간을 없애려는 거지?"

설마 사히바에게 이런 말을 들을 줄 몰랐는지 루인의 입가가 기괴한 미소를 그려 냈다.

"내 평생의 의문을 당신의 입에서 들을 줄은 몰랐군."

이어진 긴 침묵.

사히바는 말없이 하늘을 응시하며 자신이 지켜보았던 테아마라스의 모든 행동들을 상기했다.

루인은 그의 작은 표정, 숨소리 하나 놓치지 않을 것처럼 그의 모든 변화에 집중하고 있었다.

사히바의 얼굴이 점점 일그러지고 있을 때 루인이 무겁게 입을 열었다.

"무슨 짚이는 것이라도 있는 건가?"

"……."

쉽게 대답하지 못하고 있는 사히바.

하지만 그는 이내 루인을 바라보며 활화산 같은 분노를 드러내고 있었다.

"설마 그 아이의 목적이 그것이라면…… 반드시 막아 내야만 한다!"

"그것?"

사히바는 까무러칠 것처럼 거칠게 고개를 흔들었다.

생각하는 것만으로도 끔찍했으니까.

"아직은 확신할 수가 없다."

결연한 사히바의 표정.

결국 루인은 더 이상 그의 입에서 대답을 들을 수 없다는 것을 깨달았다.

설마 언급하는 것만으로도 세계의 인과에 영향을 줄 수 있어서 저런단 말인가?

"그럼 이제 어쩔 셈이지?"

테아마라스를 향해 무서운 분노를 드러내고 있는 초월자들.

또한 그들은 이미 대신전에 반기를 든 상태였다.

일이 이렇게 된 이상, 그들이 외부 세계에 나가고자 한다면 사히바로서는 막을 명분이 없었다.

더욱이 가변세계의 초월자들 중에서는 마음이 일그러진 자도 많았다.

혹여라도 그들 중 몇몇이 테아마라스에게 포섭되기라도 한다면 오히려 인류 말살이 앞당겨질 수도 있는 것이다.

"네가 저들을 통제할 수 있겠느냐?"

어쩌면 테아마라스보다 더 위험할 수도 있는 자들.

자신보다 앞서 초월자로서 수천, 수만 년을 보낸 인간들이었다.

그런 엄청난 존재들을 설득과 협상만으로 통제한다는 건 불가능에 가까웠다.

곰곰이 생각해 보던 루인은 결국 고개를 가로저었다.

"그건 불가능해."

말이 떨어지기가 무섭게 곧장 사히바가 입을 열었다.

"그렇다면 대신전은 저들을 내보낼 수가 없다."

사히바의 이런 반응은 루인도 예상한 것이었다.

이미지를 통해 생각의 확장을 거듭하고 있던 루인이 이내 대안을 제시했다.

"내가 선택한 몇몇 초월자들만 데리고 나가겠다."

"허락지 않겠다."

루인이 황당하다는 듯이 되물었다.

"이봐, 난 이제 막 초월자의 문턱에 진입했을 뿐이다. 이런 나 혼자만의 힘으로 테아마라스를 막을 수 있다고 생각하는 건가?"

지난 생 루인이 경험한 절망의 악제(惡帝).

짙은 먹구름과 함께 강림하여 수천, 수만의 인마들을 벌레 짓이기듯 소멸시키던 그의 모습.

지금도 그 공포가 가슴 한구석에 남아 자신의 영혼을 피폐하게 만들고 있었다.

전성기의 악제는 적어도 이 사히바와 비슷하거나 그 이상으로 추정되는 초월자, 아니 가히 신이라 불려도 이상할 것이 없는 존재라 할 수 있는 것이다.

반면 지금의 자신은 사히바는커녕 바스더나 기메아스조차 상대할 수 없었다. 불사의 군주 제란은 경지가 가늠조차 되지 않았다.

이런 상황에서 단 한 명의 초월자도 조력자로 받아들이지 못한다면 승산이 아예 없는 것이나 마찬가지.

무슨 수를 써서라도 사히바, 아니 대신전을 꼭 설득해야만 했다.

"내가 놈을 막지 못한다면 인류는 절멸한다. 그럼 당신과 이 가변세계 역시 소멸하게 되지. 당신이 원하는 건 그게 아니잖아?"

말을 끝낸 루인은 사히바의 반응을 기다렸다.

하지만 그는 나직이 이를 깨물고 있을 뿐이었다.

"초월 마법사들만이라도 데리고 나가게 해 줘."

폭급한 패왕이나 속을 알 수 없는 불사의 군주, 변덕스러운 기메아스는 루인도 불길했다.

반면 다섯 초월 마법사들은 고고한 자의식과 마법사의 명예를 아직 간직하고 있었다.

더욱이 그들에겐 같은 마법사끼리만이 공유할 수 있는 마도(魔道)가 있었다.

테아마라스를 상대하는 데도 마법사인 그들이 훨씬 도움이 될 터였다.

한데, 사히바의 입에서 의외의 대답이 흘러나오고 있었다.

"샤흐나. 그녀를 데려가라."

"뭐……?"

일견 타당해 보였다.

다섯 마법사를 합친 것보다 더욱 강력한 권능을 지니고 있는 인류의 어머니 샤흐나.

또한 그녀라면 사히바가 절대적으로 믿을 수 있는 그의 짝이었다.

하지만 역시 문제는 루인이 싫다는 것.

"싫다."

"나를 제외한다면 이 가변세계에서 가장 강한 존재. 네가 만난 초월자들의 모든 권능을 합치더라도 그녀를 어찌할

128 하이페론가의 대공자 11

수는 없다."

힘이 문제가 아니었다.

샤흐나는 오히려 불사의 군주 제란보다도 더 속을 알 수 없는 자.

믿을 수 없는 자를 동료로 받아들인다는 건 오히려 적보다 더한 위험이었다.

"당신과 샤흐나는 우리 인간 종족이 아니다. 당신의 의지대로 움직일 게 뻔한 꼭두각시를 내가 어떻게 믿을 수 있지?"

"허튼소리. 그녀는 너희와 마찬가지로 인간이다."

"뭐?"

"그녀는 내가 처음으로 초월자로 인도한 인간이다."

"……."

사히바의 짝이 인간이었다는 설명은 꽤 인상적이었지만 그렇다고 해도 루인은 마음이 놓이지 않았다.

자신의 안목은 지금까지 틀린 적이 없었다.

분명 그녀는 이 사히바보다 더한 꿍꿍이를 숨기고 있는 자였다.

그때.

지지직-

지지지직-

사히바의 기억 공간, 태초의 세계가 균열하고 있었다.

이질적인 공간의 비틀림이 사방에서 일어나고 있는 것이다.

"……."

당황하다 못해 말을 잃어버리고 만 사히바.

이 기억의 공간은 자신이 구현할 수 있는 어떤 권능보다도 단단한 세계.

그런 기억의 공간이 이렇게 왜곡되어 비틀리는 현상은 그로서도 처음 경험하는 일이었다.

"뭐지? 지금의 이 현상—"

루인은 질문을 이어 가지 못했다.

바라보고 있는 모든 공간이 속절없이 분해되며 이내 시야조차 사라졌기 때문.

정신을 차리며 다시 눈을 떴을 땐 바스더와 기메아스, 그리고 동료들이 자신을 멀뚱멀뚱 바라보고 있었다.

"루인!"

"루인 님! 괜찮으세요?"

시론과 다프네가 황급히 루인을 부축했다.

마치 마나번에 빠진 것처럼, 루인은 극도의 피로와 탈력감으로 비틀거리고 있었다.

"대체 어떻게 된 일이냐?"

흐릿한 눈으로 패왕을 바라보는 루인.

"……사히바는?"

바스더가 사히바를 눈짓으로 가리켰다.

"너처럼 그도 돌아온 것 같군."

몽환적으로 이지러지는 시야, 루인이 악착같이 집중하며 사히바를 향해 고개를 돌리자.

"……."

첫 인간 사히바는 하염없이 가변세계의 하늘을 바라보며 온몸을 떨고 있었다.

오직 그의 눈에만 보이는 은빛 선들.

그 창조주의 의지가, 사히바의 영혼을 구속하던 그 결계가, 한 줄 두 줄 끊임없이 소멸하고 있었다.

결국 가변세계의 하늘을 가득 메우고 있던 은빛 선들이 모두 사라졌다.

사히바가 알 수 없는 눈빛으로 루인을 바라보기 시작했다.

"대체…… 너는…… 누구냐……?"

참을 수 없는 갈증이 느껴지는 사히바의 복잡한 의문.

반면 루인은 사히바가 무슨 뜻으로 말하는 건지 그 이유를 알지 못한 채 비틀거리는 몸을 다잡고 있었다.

루인이 힘겹게 입술을 달싹였다.

"왜 그러는 거지?"

"……사라졌다."

"사라져? 뭐가?"

"내 영혼을 구속하던…… 그 저주받은 은빛 결계가…… 모두 사라졌다."

루인의 동공이 놀라움으로 물들었을 때.

스슥.

점멸하듯 나타난 사히바가 그대로 루인의 머리를 움켜쥐
었다.

"무, 무슨 짓이지?"

말없이 눈을 감은 채로 집중하고 있는 사히바.

루인은 그대로 전율했다.

지금까지 살면서 한 번도 느껴 보지 못한 미지의 감각이 서
서히 열린다.

그것은 인간의 어떤 언어로도 표현할 수 없는 기묘한 감각
이었다.

갑자기 찢어질 듯이 눈을 부릅뜨는 사히바.

루인의 영혼, 그 잿빛(灰)의 본질.

그 권능은 만물을 사멸하는 어둠의 시작이었다.

태초 이래 생겨난 모든 빛을 삼킬 수 있는 우주의 흑암(黑
暗).

그 질식할 것만 같은 어둠이, 그 전율적인 증오가, 사히바
의 영혼을 비집고 들어와 거대한 공포로 자리 잡기 시작했다.

어둠(Darkness).

모든 빛을 파멸로 이끌 수 있는 광대무변한 힘.

자신이 절대로 닮을 수 없었던 창조주의 속성, 그 무시무시
한 권능이 루인의 영혼 전체에 가득 물들어 있었던 것이다.

감히 상상도 할 수 없었다.

저 잿빛이 점점 어두워져.

진정한 우주의 흑암이 되었을 때.

그의 권능, 그 절대적인 힘이 얼마나 가공하게 변할지를.

'어둠이라니……'

창조주의 '빛'을 깨달은 초월자들은 '존재' 즉 인간들의 신(神)이 되었다.

반면, 창조주의 어둠을 깨우친 인간은 지금까지 단 한 번도 존재하지 않았다.

인간에게 주어진 새로운 창조주의 속성.

지금 사히바는 그 미지의 권능이 개화(開化)하는 과정을 직접 살펴보게 된 것이다.

루인의 머리에서 천천히 손을 떼는 사히바.

그는 이어 초월자들을 차례로 응시하기 시작했다.

"그대들을 구속하던 대신전은 오늘부로 사라지게 될 것이다."

대신전(大神殿)의 해체?

기메아스가 환하게 웃으며 폴짝폴짝 뛰었다.

"정말? 그게 정말이냐구!"

불사의 군주 제란, 그의 강렬한 눈빛이 사히바를 향했다.

"알아듣게 설명해 주시오."

머나먼 가변세계의 창공.

은빛 그물이 모두 사라져 텅 빈 하늘을 사히바는 하염없이 바라보고 있었다.

"너희들은 모두 이 사히바와 함께 저주에서 해방될 것이
다."

◆ ◈ ◆

무한해의 하늘을 어둡게 수놓고 있는 폭풍운.

툭

투툭—

한 방울씩 떨어지던 빗줄기가 광활한 무한해에 파문을 일
으키기 시작한다.

꾸르르릉!

쏴아아아아아—

갑자기 쏟아 내린 거센 빗줄기.

폭풍우의 세찬 바람에 무한해의 바다가 집채만 한 파도를
일으키기 시작하자.

루인의 탐험 선단을 책임지고 있는 제디앙 랑베르그가 잠
옷 바람으로 갑판으로 뛰어나와 우렁차게 소리쳤다.

"닻을 내려라!"

거친 수염과 우람한 상체.

강인한 눈빛으로 선원들의 지휘하는 그의 외모는 파올라
후작의 첫째 아들이었던 태를 완전히 벗어던진 모습이었다.

그가 이 무한해에서 루인 일행을 기다린 시간은 무려 8년.

선단 철수와 재보급을 수도 없이 반복했던 그 긴 시간.

제디앙은 랑베르그 후작가의 이름으로 맺은 신뢰를 단 한 번도 배반한 적이 없었다.

쩌저저저적!

파도에 부딪힌 선수(船首)가 용골이 훤하게 드러날 정도로 무너져 내렸다.

폭풍우는커녕 바람 한 점 일어나지 않았던 무한해의 갑작스러운 변덕에 선원들은 극도로 당황하고 있었다.

"물소 가죽으로 용골을 덮어 밧줄로 묶는다! 제린! 이반카! 선체의 하부를 점검해! 용골이 부서지면 끝장이다!"

배의 용골(龍骨)이 부서진다는 건 곧 침몰을 의미한다.

물소 가죽으로 용골을 묶는 웨자일식 임시 수리법은 뛰어난 효과를 발휘하지만 선원들의 높은 숙련도를 필요로 했다.

노련한 선원들이 몸을 사리지 않고 물소 가죽으로 용골을 묶자 위태롭게 휘청거렸던 선수가 비로소 안정됐다.

"닻을 다 내렸습니다!"

"잘했다! 전 선원들은 노를 펼쳐 파도에 저항하라! 버텨라! 버티면 살 수 있다!"

폭풍우를 만난 협해의 함선들은 닻을 내리고 노를 넓게 펼쳐 거센 파도에 저항하며 견딘다.

어찌 보면 단순 무식한 방법으로 보이겠지만 이것은 협해의 폭풍을 견디는 데 가장 효과적인 방법이었다.

물론 이 방법은 선원들의 희생을 강요했다.

엄청난 물의 저항에 튕겨 나간 노가 선원들의 얼굴을 때리기 일쑤였고, 자칫 노를 놓친다면 중심을 잃고 바닷속으로 빨려 들어갈 수도 있었다.

가장 큰 문제는 이곳이 협해가 아닌 무한해라는 것.

같은 폭풍우라 하더라도 해역별로 전혀 다른 특성을 지니기에 선원들의 긴장은 최고조에 달해 있었다.

"으아아아아! 이긴다!"

"이긴다! 바다를 이긴다!"

"끄아아아아아!"

마치 전쟁터를 방불케 하는 괴성이 사방에서 들려오자 제디앙은 더욱 강하게 키를 움켜쥐고 있었다.

한데, 그때였다.

쩌저저저저적—

온 대양을 찢을 듯이 들려오는 엄청난 굉음.

순간적으로 모든 선원들의 고막이 부풀어 오르며 그들의 귓가에 삐— 하는 이명이 몰아쳤다.

선원들이 본 것은 휘황찬란한 광채.

어두운 하늘을 정확히 반으로 갈라 버린 빛의 틈은 더없이 찬란하게 세상을 비추고 있었다.

순간 거짓말처럼 폭풍우가 사라졌다.

"뭐, 뭐야?"

"폭풍우가!"

키를 잡고 있던 제디앙도 거짓말처럼 잔잔해진 무한해를 황당하게 바라보고 있었다.

그때 하부를 점검하고 갑판 위에 올라온 이반카의 비명 섞인 외침이 들려왔다.

"선장님!"

이반카의 경악이 향하고 있는 곳으로 천천히 고개를 들어 올리는 제디앙.

"……!"

그것은 사람들이었다.

어두운 하늘을 가르고 있는 빛의 틈으로 사람들이 마치 구름을 밟고 내려오는 것처럼 천천히 하강하고 있는 것이다.

제디앙이 재빨리 목에 차고 있던 망원경으로 자세히 살피기 시작했다.

수많은 천상인(天上人)들의 선두.

"대공자……?"

틀림없었다.

다소 분위기가 달라져 있긴 했지만 그는 틀림없는 하이베른가의 대공자, 루인이었다.

제디앙은 서둘러 닻을 올리고 배를 움직여 그들을 맞이하려 했으나 그럴 필요가 없었다.

놀랍게도 그들이 하늘에서 일제히 방향을 틀어 자신의 배로 하강하고 있었기 때문이다.

수십 명의 사람들이 한꺼번에 배에 오르자 전함을 개조한 거대 탐험선이 순간적으로 기우뚱거릴 정도.

하지만 루인이 손짓 한 번으로 배의 중심을 잡았고, 이내 그는 제디앙을 바라보며 기분 좋게 웃고 있었다.

"제디앙."

제디앙은 몇 번이고 눈을 비비고 있었다.

그를 기다렸던 무려 8년이라는 긴 시간.

두 눈으로 보고도 도저히 믿을 수 없었다.

"정말 대공자 루인, 당신인가?"

"보다시피."

자신의 기억 속에 늘 대단한 인간으로 남아 있는 인물이긴 했지만, 아무리 그래도 하늘을 가르며 나타나는 이적(異蹟)이라니.

게다가 저 많은 사람들은 또 뭐란 말인가?

"여, 정말 기다리고 있었다니."

란시스가 호쾌하게 웃으며 손을 흔들고 있었다.

"저희가 가변세계에서 8일을 있었으니까…… 대박! 루인 님이 예측한 320배가 맞다면 거의 8년이 아닌가요?"

"그 정도쯤 되겠지."

"와, 보급이 부족했을 텐데요? 설마? 철수와 복귀를 반복하신 건가요?"

"엥, 어떻게? 무한해는 무풍지대잖아? 아무리 루인이 설치한 마력 엔진이라고 해도 그 정도로 긴 시간 동안 동작할 수는 없어."

"이봐. 랑베르그 후작가야. 몰랐으면 몰라도 한 번 경험한 바다라면 그들은 반드시 정복해 낸다고."

여유롭게 의견을 나누고 있는 란시스와 생도들을 여전히 멍하게 바라보고 있는 제디앙.

그때 누군가의 비명 소리가 들려왔다.

"읍! 읍푸! 나도 태워 주게!"

낭패한 기색이 역력한 노인.

정신없이 팔다리를 허우적거리고 있는 그는 놀랍게도 테오나츠 마탑의 다인이었다.

그제야 생도들은 잊고 있었던 알칸 제국의 현자를 기억해 냈다.

"아 맞다! 저분이 있었지! 그런데 지금까지 어디에 계셨던 거지?"

루인의 아공간, 헬라게아를 통한 진입을 끝까지 거부했던 다인.

결국 그는 가변세계의 다른 곳으로 떨어져 루인의 동료들에게서 잊혀지고 말았다.

"응?"

경악으로 번져 가는 시론의 표정.

놀랍게도 현자 다인은 짙은 밤갈색 로브가 아니라 흉측한 이면창조물들의 가죽을 아무렇게나 걸치고 있었다.

의복이라고 하기에도 뭣한 조악한 수준.

드러난 팔에도 흉측한 상처들이 셀 수 없이 새겨져 있었다.

희미하게 웃고 있는 루인.

플라잉 마법으로 자유롭게 함선을 오가던 위대한 현자가 저렇게 바다에 빠져 허우적거린다는 건 그의 마력이 한 줌도 남아 있지 않다는 뜻.

딱 봐도 가변세계에서 보낸 8일 동안 끝도 없이 밀려드는 이면창조물들과 목숨을 건 사투를 벌인 것이 틀림없었다.

지이이이잉—

루인이 중력 역전 마법으로 그를 함선 위로 끌어 올렸다.

무한해의 해역을 정신없이 두리번거리고 있는 다인의 귓전으로 제디앙의 목소리가 울려 퍼졌다.

"귀국의 탐험 선단은 이 무한해에 없소."

"허⋯⋯?"

"그들은 석 달을 채 버티지 못했소. 그리고 다시 오지도 않았지."

"⋯⋯."

하염없이 망망대해를 쳐다보고 있는 다인.

루인이 분노에 온몸을 떨고 있는 그를 향해 조롱조로 말했다.

"일국의 현자를 이렇게 취급한다라. 위대한 대제국 알칸도 이제 그 국운이 다하려나 보군."

"다, 닥치시게!"

"몸이나 잘 살펴. 곧 쓰러질 것 같은데."

"이이익!"

가득 핏발 선 눈으로 비틀거리며 루인에게 걸어가던 다인은 그렇게 혼절하고 말았다.

루인이 다프네를 향해 눈짓했다.

"그를 살펴봐 줘. 마정석이 필요할 거야."

"알겠어요."

루인에게 마정석을 받아 든 다프네가 다인을 간호하기 시작하자 비로소 제디앙은 냉정을 차렸다.

모르는 사람이 수십 명이나 탐험선에 올랐으니 먼저 그들의 신변부터 조사하는 것이 선장의 의무.

"대공자, 그분들은 누구지?"

"아."

루인은 설명하려다가 이내 쓸쓸하게 웃고 말았다.

가변세계에서 겪었던 엄청난 일들은 함부로 이야기할 수도 없었지만, 설명한다고 해도 그는 쉽게 믿지 않을 것이었다.

그때 란시스가 어깨를 으쓱거리며 한 사람을 제디앙에게 소개했다.

"제디앙, 이분을 어디서 많이 본 것 같지 않나?"

란시스의 뒤편에서 철탑처럼 서 있는 거인.

하나같이 범상치 않아 보이는 사람들이었지만, 란시스가 소개한 철탑 거인도 만만치 않은 사내였다.

태양을 박아 넣은 것처럼 이글거리고 있는 철탑 거인의 두 눈.

마치 빨려 들어갈 것만 같은 그 느낌에 제디앙이 황급히 정신을 차렸다.

"저분이 누구……?"

"더 자세히 보라고. 당신도 분명히 떠올릴 수 있을 테니까. 사실 나도 지금 이 순간이 믿기지가 않아."

그렇게 제디앙은 철탑 거인의 생김새를 살피며 끊임없이 기억을 더듬고 있었다.

잠시 후 그의 입이 점점 벌어지고 있었다.

"서, 설마……?"

눈을 부릅뜨며 경악하고 있는 제디앙.

틀림없었다.

고대 협해의 지배자.

웨자일의 협해를 해천(海天)이라 불리게 만든 위대한 영웅.

해천의 정복자, 나마자트 루벨제 발러.

발러가를 왕족으로 이끈, 웨자일이라는 해양 국가를 전 대륙에 알린 고대 협해의 영웅이었다.

왕실의 가장 높고 정결한 곳에 걸려 있는 나마자트의 초상화.

웨자일 랜드의 곳곳에 위치한 그의 동상.

웨자일인이라면 그 위대한 영웅의 얼굴을 모를 수가 없었다.

"해, 해천의 나, 나마자트 님……?"

"허허."

"허억!"

제디앙은 나마자트를 향해 본능적으로 엎드려 경배했다.

"제디앙 프레자일 랑베르그! 고대 협해의 해, 해천을 뵙습니다!"

해천(海天)이라는 칭호를 획득한 유일무이한 협해의 지배자.

웨자일인에게 있어서 그는 신이나 다름없는 존재였다.

하지만 엎드려 경배하고 있던 제디앙은 이내 의문에 휩싸였다.

'어떻게……?'

해천의 나마자트는 천오백 년 전의 영웅.

아득한 고대 협해의 지배자가 어떻게 지금까지 살아 있을 수 있단 말인가?

"그렇게 당황해할 것 없어. 우리 해천님도 이분들 중에선 거의 막내나 다름없으니까. 나 역시 발러가야. 이분의 신분은 후손인 내가 보증하지."

제디앙은 신분 확인을 끝냈다는 식으로 말하는 란시스가 이해가 되지 않았다.

대체 무슨 수로?

천오백 년 전의 인물을 어떤 방법으로 검증할 수가 있단 말인가?

게다가 무슨 막내라니…….

란시스는 도무지 이해할 수 없는 말들만 늘어놓고 있었다.

"이봐, 제디앙. 웨자일의 역사책은 모두 가짜야. 내가 고대 협해의 진짜 역사를 생생하게 들었다니까?"

"예……?"

한데 그런 나마자트의 얼굴이 점점 일그러지고 있었다.

란시스가 식겁한 표정으로 그의 눈치를 살폈다.

"선조…… 아니 할아버님. 무슨 노여운 일이라도……?"

한데 나마자트뿐만이 아니었다.

그를 비롯한 모든 초월자들의 표정이 온갖 복잡한 감정으로 물들어 가고 있었다.

루인이 패왕 바스더를 쳐다봤다.

"무슨 일이지?"

형용할 수 없는 감정으로 서 있는 바스더.

대답은 환영의 군주, 기메아스에게서 들려왔다.

"……점점 사라지고 있어."

"뭐가?"

루인이 주변을 두리번거리다 다시 그녀를 응시했다.

"내 그림자(影)……."

"뭐?"

이어 들려오는 패왕의 신음성.

"내 혼돈(混沌)도 모조리 사라졌다."

창을 움켜쥐고 있던 불사의 군주, 제란의 굳센 손이 눈에 띄게 떨리고 있었다.

"나의 불사(不死)여……."

초월자들의 권능이 사라지고 있다는 말에 루인이 다급하게 사히바를 불렀다.

"사히바! 이게 다 무슨 일이지?"

사히바는 대답이 없었다.

그는 무한해의 하늘, 그 벌어진 틈으로 비친 시리도록 찬란한 빛살을 하염없이 응시할 뿐이었다.

◆ ◈ ◆

크슈누 르콘시아 발러.

협해에 한정되어 있던 웨자일의 해상 영토를 광활한 대양으로 확장한 위대한 제독.

최초로 무한해를 건너 동쪽 대륙을 발견한 탐험가.

바다의 무한한 잠재력을 통해 고고한 대륙인들의 입에서
도 대제(大帝)라 불리게 된 전설적인 영웅.

그렇게 나마자트는 자신의 동상과 나란히 서 있는 둘째 아
들, 크슈누를 바라보며 격동에 몸을 떨고 있었다.

아들이 자신의 업적과 이름을 능가했을 때 아버지가 느끼
는 그 기분은 도저히 말로써 표현이 불가능한 것이었다.

"대제께서는 평생토록 아버지를 그리워하셨습니다."

란시스의 위로에도 나마자트는 미동도 하지 않았다.

협해에 해천(海天)이라는 위대한 이름을 열고서 홀연히 사
라진 그를 크슈누 대제는 평생을 그리워했었다.

그가 아버지를 흠모하며 세운 동상만 해도 웨자일 전역에
수십 개가 넘을 정도.

"내 아들이 어떻게 대제(大帝)라 불리게 된 것 같으냐."

씨익 웃는 란시스.

"당신께서 바다에 계신다고 끝까지 믿었기 때문입니다. 미
지의 바다, 세상의 끝까지 개척하고 탐험하다 보면 언젠가 해
천을 만날 수 있다는 믿음을 간직하고 계셨죠."

그것은 웨자일 왕가의 서사시, 해천록을 읽어 본 왕족이라
면 모를 수가 없는 이야기.

나마자트는 흡족한 듯 웃고 있었다.

자신의 오랜 믿음이 후손을 통해 증명됐기 때문이었다.

"그렇다 아이야. 나는 드넓은 바다의 미지(未知)여야 했다. 만약 내가 탐험을 멈추고 웨자일에 남아 기름진 배나 두드리고 살았다면 발러가는 결코 왕가가 될 수 없었을 것이다."

"알고 있습니다. 할아버님."

"조금 걷자꾸나."

그렇게 항구에 도착하자마자 저 멀리 사라져 버린 란시스와 나마자트를 멍하니 바라보고 있는 시론.

이내 그는 선수에 서서 바다를 바라보고 있는 루인을 향해 시선을 옮겼다.

"저 녀석……."

초월자들의 권능이 모두 사라졌다는 사실을 알게 된 그 순간부터 루인은 단 한 번도 입을 연 적이 없었다.

오로지 그는 바다를 바라보며 사색에 사색을 거듭할 뿐이었다.

하지만 머나먼 대양을 바라보는 루인의 두 눈은 상념에 빠진 사람의 그것이 아니었다.

허무(虛無).

어쩐지 루인의 눈빛은 사히바의 그것과 닮아 있었다.

'…….'

회귀한 이후의 삶, 아니 자신의 삶 전부를 돌이켜 봐도 이렇게까지 희망에 부풀었던 적이 없었다.

위험천만하게만 생각해 온 가변세계.

한데 그런 가변세계에서 악제를 단숨에 끝내 버릴 수 있는 초월자 군단을 얻어 냈다.

악제의 군단과 추종자들이 아무리 많다고 해도 감히 신의 경지에 근접한 초월자들을 어쩔 수는 없는 것이었다.

위기 상황에서 얻어 낸 최고의 결과.

당연하게도 여느 때보다 기분이 좋았던 루인이었다.

'왜……?'

가변세계의 특성, 혹은 어떤 상황적 변수로 인해 초월자들의 힘이 상실되었다는 건 말이 되지 않았다.

초월자들과는 달리, 자신과 동료들의 힘은 멀쩡했으니까.

아니 오히려 척박한 가변세계를 경험한 동료들의 경지는 훨씬 강해져 있었다.

특히 초월 마법사들에게 갖은 조언을 구하며 영향을 받기 시작한 생도들은 그 성장이 놀라울 정도였다.

그때 누군가가 그런 루인의 복잡한 생각을 깨우고 있었다.

"나의 아발라여!"

상기된 표정을 감추지 못하며 다가오고 있는 챠스단.

루인을 바라보고 있는 그의 표정은 가히 신적인 존재를 바라보는 것 같았다.

"드디어 우리가 배를 구했다!"

"그런가."

씁쓸하게 웃고 있는 루인.

챠스단까지 자신에게서 떠나가려고 안달이 나 있었다.

하지만 그의 사정을 아는 루인으로서는 그저 웃어 줄 수밖에 없었다.

"바차카 님께서도 흡족하실 만한 배다! 게다가 우리 대륙의 길잡이까지 나타나 도와준다고 한다! 이거야말로 정령의 계시가 아닌가! 하하하하핫!"

동대륙인들이 가변세계를 탐험해 온 이유는 오로지 선조의 유산을 얻기 위함이었다.

생환률이 거의 제로에 가까운, 더구나 돌아오더라도 모든 기억이 사라져 버리는 가변세계, 아니 비경(秘境)은 그들에게도 경외와 공포의 대상.

하지만 그 일은 부족에서 전사로 인정받은 자의 숙명이며, 동시에 위대한 전사를 꿈꾸는 자의 운명이었다.

"내 아발라가 바람 주먹 다그마돈의 후예가 아니라는 건 아쉬운 일이지만 이젠 상관없다! 그대는 바차카 님을 우리 동대륙인들에게 돌려준 위대한 인도자다!"

전사의 신, 바차카.

패왕도 감히 함부로 하지 못했던 가변세계의 상위 초월자.

루인이 저 멀리 초월자들 틈에서 우뚝 서 있는 바차카를 쳐다보고 있었다.

비록 권능을 잃어 머리가 새하얗게 변해 버렸지만 인간임이 의심되던 그의 압도적인 육체는 역시 그대로였다.

"······바람이 없는 무한해를 어떻게 건널 셈이지?"

"튼튼한 노와 함께한다면 충분하다!"

"······."

바람 한 점 일렁이지 않는 그 넓은 대양을 노 하나로 건너겠다는 챠스단의 당찬 포부에 루인은 헛웃음이 치밀고 말았다.

하지만 어쩐지 챠스단이라면 해낼 수 있을 것 같았다.

"무사 귀환을 응원하지."

"고맙다! 더없이 힘을 얻은 기분이다!"

위풍당당하게 소리치며 돌아가던 챠스단이 문득 걸음을 멈추더니 다시 루인을 돌아보았다.

이내 그는 자신의 목에 걸려 있던 전사의 징표를 우악스럽게 뜯어 루인에게 건넸다.

"이 챠스단은 나의 아발라, 당신과 함께했던 모든 시간을 잊지 않을 것이다! 언젠가 하사므 부족을 찾아온다면 이것을 보여라! 부족의 모두가 차오른 달의 비명으로 그대를 맞이할 것이다!"

루인이 마주 웃으며 그가 건넨 전사의 징표를 받아 들었다.

자신을 칭송하는 노래를 부족의 노래로 만들겠다는 건 언젠가 족장이 되겠다는 의지의 표현.

"하사므 부족에겐 너보다 뛰어난 전사가 많을 텐데."

"흥!"

챠스단은 콧방귀를 뀌더니 곧바로 바차카를 바라보았다.

어느덧 그의 눈빛이 꿈을 꾸는 사람처럼 몽롱해져 있었다.

"바차카 님의 제자가 되기로 했다. 내 가능성은 이제 하늘과 바다처럼 무한해졌다."

챠스단의 표정은 마치 살아 있는 신을 마주한 사람처럼 정결했다.

그만큼 바차카는 동대륙인들에게 있어서 신이나 다름없는 존재인 것이다.

그런 챠스단을 바라보며 비로소 루인은 해답을 얻어 낸 것만 같았다.

초월자들의 가치가 어디 권능뿐이겠는가.

그들은 인간 문명 그 자체라 할 수 있는 존재들.

저 챠스단처럼 해천의 전설을 직접 보고 배우며 성장하게 될 란시스에게도 무한한 가능성이 기다리고 있을 것이었다.

어쩌면 그의 일족인 발러가, 나아가 이 해상왕국 웨자일의 운명까지 송두리째 변하게 될 수 있음이니…….

그렇게 루인은 저들의 가르침으로 성장할 사람들을 상기했다.

인류의 도약.

분명 초월자들은 살아 있는 것만으로도 무한한 가치를 증명해 낼 것이 틀림없었다.

루인이 자신을 바라보며 서 있는 시론에게 말했다.

"모두 결정한 건가?"

시론이 무겁게 고개를 끄덕였다.

"그래. 가변세계에 갇힌 지 얼마 되지 않은 분들은 대부분 가문으로 돌아가기를 결정하신 것 같다."

"나머지는?"

경지가 낮은 초월자들, 즉 권왕 테셀과 같은 이들은 아직 대륙에 후손들이 남아 있었다.

또한 검술 유파나 마법 학파를 남겨 자신의 지식이 이어지고 있는 경우라면 충분히 돌아갈 곳이 있는 것이다.

하지만 고위 초월자들은 돌아갈 곳이 없었다.

한 인간의 흔적이 수천 년 이상 지속될 수도 없거니와, 패왕처럼 대륙에 악명으로 남은 존재들은 살아 있다는 자체만으로도 충격과 공포인 것.

"저분들은 아직 결정하지 못하신 것 같다."

대륙의 역사에 공포의 군주로 남아 있는 패왕 바스더.

어디에서도 자신 이외의 영묘족을 찾을 수 없게 된 기메아스.

살던 시대가 짐작조차 되지 않는 불사의 군주 제란.

더욱이 인류의 첫 쌍 사히바와 샤흐나까지…….

인류의 역사에조차 이름이 남아 있지 않은 고대의 존재들.

저들은 대륙의 어디에서도 자신들의 신분을 증명할 수 없을 것이다.

루인이 결심한 듯 그들에게 다가갔다.

지독하게 늙어 버린 패왕.

노화가 진행되지 않은 초월자는 영묘족인 기메아스가 유일했다.

"바스더."

"후우…… 왜 그러느냐?"

서 있는 것만으로도 숨을 몰아쉬고 있는 바스더.

루인은 그에게 시간이 얼마 남아 있지 않다는 사실을 실감하고 있었다.

"내 가문으로 가자."

바스더가 기다렸다는 듯이 고개를 끄덕였다.

"그럴 참이었다. 거기에 내 혼돈을 이은 아이가 있다고 하지 않았느냐."

비로소 루인은 그가 겨우 체면 때문에 말을 하지 못하고 있었다는 사실을 깨달았다.

패왕은 이제 힘없는 노인에 불과했다.

노동력이 다한 노인은 어디에서도 반기지 않는다.

짐이 될 바에야 죽음을 택하는 노인들은 르마델 왕국에도 발에 차일 정도로 많았다.

"당신도 같이 가지."

표정이 환해진 기메아스.

"정말?"

"당연하다. 루이즈는 당신이 필요하니까."

그때 초월 마법사들이 루인에게 다가왔다.

"짧은 시간이었지만 만나서 즐거웠네."

"나 역시."

다섯의 초월 마법사들은 이미 갈 곳이 정해져 있었다.

그들은 각자가 속해 있는 학파로 되돌아가 목숨이 다할 때까지 마법을 연구하고 싶어 했다.

초월자의 권능이 사라졌다고 해도 그들을 움직이는 힘은 오직 마도(魔道)였다.

"후학들로 하여금 테아마라스를 대비토록 하겠네."

"기대해도 좋을 걸세."

초월자의 경지에 이르렀던 마법사들의 단언이었다.

그런 자들은 결코 허투루 말을 내뱉지 않았다.

루인이 웃었다.

"나는 헛된 기대나 환상을 좋아하지 않아. 구체적으로 말해 줘. 내 계획에 넣을 수 있게."

침묵하던 파멸학자, 아그네스의 입에서 이내 무거운 음성이 흘러나왔다.

"그대가 일전에 말했던 그 벌레 말이네."

"안티 매직 와이엄?"

무겁게 고개를 끄덕이던 아그네스가 다시 입을 열었다.

"아무리 생각해 봐도 그건 이 아그네스의 마도(魔道) 같더군."

"당신의······?"

루인은 크게 놀라고 있었다.

안티 매직 와이엄은 인류의 마장기를 무용지물로 만든 괴물.

각 왕국의 마장기들만 온전했더라면 악제는 그렇게 쉽게 인류의 문명을 짓밟지 못했을 터였다.

"이면창조물들 중에는 마력을 대량으로 흡수하는 특이한 개체가 있네. 내 마도인 파멸(破滅)과도 무척 어울리는 녀석이었지. 난 오랫동안 그 녀석을 연구한 적이 있다네."

"그래서?"

아그네스의 표정이 무거워졌다.

"하지만 난 연구를 그만둘 수밖에 없었네. 내 마도가 더욱 발전할 수 있다는 걸 알면서도 어쩔 수 없이 내린 결정이었지. 위험······ 너무 위험했어."

"······위험했다고?"

아그네스는 자신도 성취하지 못한 영역을 엿본 위대한 초월자였다.

그런 그가 고작 이면창조물을 다루면서 위험을 느꼈다는 건 쉽게 받아들여지지 않았다.

"내 오랜 연구 끝에 탄생한 놈의 마력 흡수 능력은 통제를 벗어난 무한(∞)이었네."

무한.

그것은 마법을 다루는 자로서 결코 함부로 언급할 수 없는
단어였다.

이 미친 작자가 정말로 이 세상을 파멸(破滅)시킬 괴물을
창조해 낸 것이다.

"그대가 설명했던 안티 매직 와이엄은 오랜 연구 끝에 내
가 만들어 낸 '무한 섭식 이면창조물'의 열화판인 것 같네."

루인의 두 눈이 살벌하게 번뜩였다.

"그 벌레를 상대할 수 있는 방법 같은 게 있는 건가?"

아그네스가 씨익 웃었다.

"상대? 놈과 싸울 수 있는 그런 방법이란 없네. 다만 이 세
계에서 없앨 수는 있지."

루인의 얼굴이 극도의 희열로 물들어 있었다.

Chapter. 79

-훗날의 나는 많이 달라져 있을 거다.

란시스는 그 말만을 남기고서 나마자트와 함께 웨자일 왕
실로 복귀했다.

루인은 그가 놀랍도록 달라진 삶을 살게 되리라는 것을 이
미 잘 알고 있었다.

그래서 굳이 그를 축원할 필요는 없었다. 그저 웃으며 배
웅하면 그뿐이었다.

이어 동대륙의 전사들이 우렁찬 기합과 함께 돛을 올리며
무한해로 떠났으며 초월자들도 대륙의 각지로 흩어졌다.

남아 있는 사람은 루인의 동료들과 소수의 고위 초월자들, 그리고 테오나츠 마탑의 현자, 다인 아조스였다.

아조스가(家).

그 옛날, 알칸 제국의 대가문 닥소스가와 자웅을 겨룰 만큼 세력이 강성했던 마도가문.

자신의 오랜 친구였던 뎀므는 악제와의 전쟁이 끝난 후 그런 아조스가를 재건하는 꿈을 가지고 있었다.

쓰러져 의식을 잃고 있는 다인도 그와 비슷한 목표로 살아갈 터.

하지만 이번 일로 그 역시 뎀므처럼 제국의 감옥에 갇힐 수도 있었다.

선단의 규모로 보아 다인의 이번 탐험은 분명 독단으로 벌인 일.

허가 없이 함부로 테아마라스의 유적을 탐험한 일은 알칸 제국의 황실이 결코 좌시하지 않을 터였다.

"으으음……."

현자 다인이 신음과 함께 깨어났다.

강렬한 햇살에 눈을 찌푸리던 그는 루인과 생도들의 얼굴을 확인하며 화들짝 놀랐다.

"여긴……?"

"아직은 탐험선의 선상이다."

"……."

다인은 재빨리 마법사의 감각을 일으켜 자신의 내부를 관조했다.

놀랍게도 엉망이었던 내부가 가라앉아 있었다.

반쯤 부서졌던 서클과 수차례나 맞이했던 마나번을 생각하면 이런 회복은 있을 수 없는 일이었다.

아직도 내부에 열상처럼 선명히 느껴지는 누군가의 마력 흔.

이내 그는 이들 중 누군가가 자신을 치료했다는 사실을 깨달았다.

"살려 줘서 정말 고맙네."

"무슨 일을 겪은 거지?"

갑자기 온몸을 부르르 떨기 시작하는 다인.

가변세계는 다른 말로 설명이 필요 없는 지옥 그 자체였다.

어두운 동굴에 소환됐던 다인.

정신을 차리자마자 발광 마법을 시전했을 땐 끔찍한 괴물들이 온 사방에 깔려 있었다.

그리고는 장장 사흘 동안 물 한 모금 먹지 못한 채 처절한 사투를 벌였었다.

만약 자신의 계약자인 마왕 베바토우라가 아니었다면 진즉에 죽었을 것이었다.

지금도 그 생각만 하면 치가 떨리는 다인이었다.

"당신은 마침내 소원을 이뤘군."

"소원……?"

그제야 자신의 목적을 상기한 다인.

"으음……."

가변세계에서의 처절한 사투가 뇌리 속에 선명하게 남아 있다는 것.

루인의 말대로 가변세계에서의 기억을 잃지 않은 채로 돌아오겠다는 자신의 목적은 분명 깔끔하게 완수한 것이었다.

그러나 과연 이것을 목적을 이루었다고 말할 수 있을까?

가변세계에서 경험한 거라곤 오직 끝없이 밀려오는 괴물들뿐.

위대한 아티펙트나 유적도 탐험하지 못한, 그야말로 아무런 의미도 없는 귀환일 뿐이었다.

그나마 마도(魔道)의 진전이라도 있었다면 좋았겠지만 서클을 크게 상해 오히려 경지가 하락한 상태였다.

"서클이 심하게 부서졌더군. 다시 회복하는 데는 아마 긴 시간이 필요할 거야."

"……."

다인이 말없이 이만 깨물고 있을 때 루인이 협해를 바라보며 다시 입을 열었다.

"알고 있는지 모르겠지만 제법 많은 시간이 흘렀다. 유적에

서는 8일 남짓이겠지만 현실의 시간은 대충 8년이 흘렀다고
생각하면 편해."

"그, 그게 무슨 말인가……?"

극도로 당황해하고 있는 다인.

"유적 내부와 현실의 시간선이 달랐다."

"어떻게 그런 일이……?"

"시공의 흐름이 아예 다르더군. 내 계산 결과는 320배다.
하지만 이것도 확실한 건 아니야. 그런 왜곡값은 나로서도 처
음이었으니까."

그러고 보니 루인의 외모가 눈에 띄게 달라져 있었다.

소년의 태를 완벽하게 벗어던진 청년의 모습.

결국 다인은 망연자실한 표정으로 무너질 수밖에 없었
다.

"허허……."

루인의 말이 사실이라면 모든 게 끝장이었다.

3달 이내로 탐험을 끝내려 했었다.

하지만 8년이라는 긴 시간이 흘렀다면 마탑 소유의 탐험선
과 자신의 실종을 모두 알아차리고도 남을 시간.

황명 없이 함부로 탐험선을 움직인 자신의 행위가 드러났
다면 마탑, 아니 학파의 명부에서도 축출됐을 것이었다.

평생을 바쳐 이룩한 현자의 상징, 세이지 등위가 날아간 것
이다.

"당신 같은 자가 왜 이런 무모한 탐험을 결정한 거지?"

테오나츠 마탑의 고고한 현자로서 남부럽지 않은 인생을 살 수 있는 다인이었다.

이제는 모든 게 끝났음을 인지한 다인은 그저 쓸쓸하게 웃고 있을 뿐이었다.

"나의 하나뿐인 제자…… 녀석을 지키기 위한 결정이었네."

"제자?"

루인의 물음에도 다인의 입은 더 이상 열리지 않았다.

사람에겐 저마다 사정이 있는 법, 루인도 굳이 더는 질문하지 않았다.

"뭐, 어쨌든 이쯤에서 헤어지는 게 좋겠군. 힘내라고. 굳이 알칸 제국이 아니라도 현자를 환영할 만한 나라는 많아."

다인이 허탈한 미소로 몸을 일으키자 루인도 그를 뒤로한 채 갑판 아래를 향해 걸어갔다.

더 이상 알칸 제국의 현자와 접점을 이어 갈 필요도 없었고, 그다지 호감이 가는 인물도 아니었기 때문.

"살아 있어야 한다…… 유클레아…… 너는 반드시…… 살아남아……."

다인이 무너지려는 마음을 다잡고 간신히 걸음을 옮기려는 그때.

"……뭐?"

순간적으로 걸음을 멈춘 루인.

크게 뜨여진 루인의 두 눈이 다시 다인을 향했다.

"설마 당신의 제자라는 사람이 유클레아였던 건가?"

"유클레아 녀석을 아는가?"

루인이 어떻게 모를 수가 있겠는가.

인류 최후의 지성이라 불렸던 위대한 마법사 유클레아를.

루인은 허탈하게 웃으며 하늘을 바라보았다.

역시 하늘은 어떤 인연도 허투루 주지 않는 건가.

이 다인 역시 자신과 만날 수밖에 없는 숙명이었던 것이다.

루인은 최후의 현자, 유클레아의 인생을 가장 잘 아는 사람이었다.

당연히 지금 자신이 어떤 일을 해야 하는지도 명징하게 이해할 수 있었다.

"당신은 그를 만날 수 없다, 다인."

유클레아.

그가 스승을 울부짖으며 세상을 떠돈 십 년간의 세월은 그를 인류 최후의 지성으로 인도했다.

지금 다인이 그를 찾아간다면 그의 급격한 성장은 없던 일이 될 뿐이었다.

"가, 갑자기 그게 무슨 말인가?"

"이유는 말할 수 없다. 그냥 당신은 유클레아에게 죽은 사람이어야만 해."

"⋯⋯."

다인은 말없이 루인을 바라보고 있었다.

그의 주위로 밀도 높은 마력의 기운이 맺히며 무저갱처럼 가라앉는다.

지독하게 차갑고 냉정한 젊은 마법사의 눈빛.

자신의 말대로 하지 않으면 마치 죽이기라도 하겠다는 기세였다.

그런 무한하고 거대한 흑암(黑暗) 앞에서 다인은 감히 함부로 입을 열 수가 없었다.

"세상에⋯⋯ 자네? 이건⋯⋯?"

분명 자신이 본 건 아득한 너머의 알 수 없는 영역, 도저히 살필 수 없는 경지의 초월적인 마도였다.

현자이기에 더욱 생생하게 느낄 수 있었다. 결코 초인 따위의 경지가 아니라는 것을.

"내 말대로 해 준다면 고맙겠군. 힘이 통하지 않는다면 부탁이라도 할까?"

이어 루인의 유려한 수인이 환상적인 마도의식을 그려 냈다.

절로 입이 벌어질 정도의 멋들어진 마도의식.

"내, 내가 느낀 것이 정말 현실인가?"

초월자(超越者).

테아마라스와 헤이로도스만이 완성했던 유사 이래 최고의 마도 영역.

그 절대적인 권능을 눈앞에서 지켜봤다는 사실을 다인은 도무지 믿을 수가 없었다.

루인은 그저 웃고 있었다.

눈앞에서 마도의 전설을 목격한 마법사가 할 수 있는 선택이라곤 그다지 많지 않았다.

그에게 초월자의 경지를 드러낸 건 다 이유가 있는 것이다.

"지금은 유클레아를 만날 수 없어. 굳이 갈 곳이 없다면 내 가문으로 가지. 비록 검가지만 내가 있는 곳이니 당신의 마도에 분명 도움이—"

"가, 가겠네!"

다인이 더 말할 것도 없다는 듯 호쾌하게 고개를 끄덕이자 그제야 루인의 입가가 미소를 그려 냈다.

그렇게 모든 정리가 끝났다.

바스더와 기메아스는 이미 자신의 가문으로 가기로 약속했고 불사의 군주 제란도 딱히 별말은 없었다.

인류의 첫 쌍 사히바와 샤흐나 역시 말은 하지 않았지만 그 역시 암묵적인 동의일 것이었다.

그렇게 루인이 짐 정리를 모두 끝내고 배에서 내리고 있을 때 제디앙이 그를 불러 세웠다.

"뭐 잊은 거 없나?"

"응?"

"잊었나? 본 가와의 약속을?"

루인이 랑베르그가의 선단을 동원할 수 있었던 건 안개성과 밀약을 했기 때문이었다.

유적의 탐험을 전폭적으로 지원하는 대신 마장기의 제작법을 받기로 약속한 것이다.

제디앙 역시 파올라 후작으로부터 그 사실을 전달받았기에 목숨을 걸고 루인과의 신의를 지킨 것이었다.

루인은 다른 탐험선에 실려 있는 마장기들을 물끄러미 바라보고 있었다.

"저 마장기들의 소유권을 랑베르그가에게 양도하겠다."

"뭐? 그게 정말인가?"

무한해의 해저에 8년 동안 가라앉아 있던 마장기들.

비록 지천사 오실리어와의 전투로 처참하게 망가져 있었지만 그래도 마장기는 마장기였다.

마장기를 연구할 수 있는 절호의 기회인 것이다.

"서로 윈윈이라 할 수 있지. 나로서는 군이 시간을 들여 제작도해를 작성하지 않아서 좋고, 랑베르그가도 군이 해석이 어려운 제작도해보다 직접 보는 게 연구에 더 도움이 될 테고. 안 그래?"

"무, 물론이다! 고맙다!"

하지만 제디앙도 인간이었다.

큰 이득이 눈앞에 아른거리는 그 순간에도 당장 아쉬운 것부터 생각나는 사람인 것이다.

"하지만 내가 알기로 저 빛나는 보석! 저것이 마장기의 핵심이라 들었다! 웨자일의 마법사들이 아무리 열심히 들여본다고 해도……!"

"설마 강마력 엔진의 술식까지 요구하는 건가?"

강마력 엔진의 제작법은 모든 국가가 철저하게 기밀로 다루고 있는 핵심 기술.

그런 강마력 엔진의 제작법을 알려 달라는 건 나라를 팔라는 말과 다르지 않았다.

물론 저 마장기들이 르마델의 것은 아니었다.

하지만 그저 정해진 제작법대로 완성한다면 결코 발전은 없었다.

"웨자일의 마법사들이 아무리 부족해도 강마력 엔진에 새겨진 술식을 이해하는 눈은 있을 거다. 그들의 연구를 지원하는 것이 그대와 그대 가문이 할 일이다. 계속 무리한 요구를 한다면 마장기를 회수해 가겠다."

"아, 아니다! 단지 난 마법에 대해 잘 알지 못해서…… 그냥 해 본 소리다!"

제디앙이 호다닥 멀어지자 다인이 멍해진 얼굴로 루인을 쳐다봤다.

"자네, 그렇게 멋대로 마장기를 양도해도 괜찮겠는가?"

마장기는 엄연한 국가의 재산.

루인이 씨익 웃었다.

"내 마력에 섞여 있는 혈우의 기운과 고야드(ЖгаϹіє)의 술식까지 알아보면서 아직도 눈치채지 못한 건가?"

지금 다인의 영혼에 깃들어 있는 마족은 무려 마왕 베바토우라.

분명 그에겐 다양한 마계의 권능을 느낄 수 있도록 도와주는 조력자가 있었다.

한데 그런 베바토우라가 저 마장기의 정체에 대해 아직도 깨닫지 못하고 있다는 건 난센스였다.

"대체 뭘 말인가?"

피식 웃는 루인.

"저 마장기는 인간이 만든 게 아니야."

"뭐……?"

그제야 저 멀리 간신히 형체를 유지하고 있는 마장기들을 유심히 살펴보고 있는 다인.

그렇게 한참을 마장기를 바라보던 다인이 이내 온몸을 벌벌 떨기 시작했다.

루인이 다인, 아니 그의 영혼 깊숙한 곳에 깃들어 있는 베바토우라를 향해 비릿하게 웃고 있었다.

"이제야 깨달았나."

이내 홀린 듯한 다인의 목소리가 흘러나온다.

"쟈, 쟈이로벨……!"

베바토우라와 같은 고위 마왕이 쟈이로벨의 흔적을 살피지 못한 이유는 간단했다.

마장기란 본래 인간의 마법 문명이 탄생시킨 위대한 마도 병기.

당연하게도 그런 마장기의 원형을 훼손한다면 마장기가 지닌 본래의 위력이 현저하게 줄어들 수밖에 없는 것이다.

때문에 쟈이로벨의 마장기는 최대한 인간이 만든 마장기의 특성을 살리면서 마신의 지혜를 조금 첨가한 것에 지나지 않았다.

오히려 조금 살펴본 것만으로 쟈이로벨의 흔적을 찾아낸 베바토우라가 대단한 것이었다.

"그럼 혹시 혈우(血雨)의 기운을 풍기던 자네의 아공간도……?"

"그래. 쟈이로벨의 아공간인 헬라게아다."

다인은 더욱 경악할 수밖에 없었다.

도저히 믿을 수 없는 말.

마족들은 자신의 아공간을 목숨보다 더 소중히 여긴다.

수만 년 동안 처절하게 전장을 구르며 얻어 낸 전리품들이 소중하지 않을 리가 없는 것이다.

그래서 고위 마족들은 그들의 근원인 핵(核)의 일부를 희생시키면서까지 특수한 아공간을 창조해 낸다.

더욱이 쟈이로벨처럼 드높은 격을 지닌 마신이 만들어 낸 아공간이라면 그 가치가 상상조차 되지 않았다.

"어쩐지 살아 있는 것처럼 영성이 느껴지더라니…… 한데 그 엄청난 보물을 어떻게 자네가 소유하고 있는 건가?"

쟈이로벨과 계약을 했다면 잠시 양도할 수는 있을 것이다.

하나 과거에 베바토우라가 직접 마력을 투사하여 확인했었다.

저 루인의 몸에는 계약의 징표인 오드(Ord)가 존재하지 않는다는 것을.

루인은 결코 마신의 계약자가 아니었다.

"마왕께서 제법 몸이 달아오르신 모양이군. 하지만 고작 당신으로 가능할까? 아무리 당신이 므드라의 심복이라고 해도 명색이 혈우 지대의 군주인데 말이야."

오랜 세월 인간들의 세계에서 혈우 지대의 권속들을 추적해 온 베바토우라.

다인의 영혼에서 이 모든 걸 지켜보고 있던 그였지만 결국 끝까지 침묵할 수밖에 없었다.

눈앞의 루인이 쟈이로벨과 특수한 관계를 맺고 있는 인간 이 확실하다면 절대 함부로 나설 수가 없는 것이다.

자신의 군주인 므드라조차 오랜 세월 그를 상대하느라 지 금까지도 후유증에 시달리는 마당.

마신과 마왕의 격 차이는 그야말로 아득한 것이었다.

다인이 떨리는 입술을 달싹였다.

"……이제 나를 어쩔 셈인가?"

그 말은 계약자의 입을 빌린 베바토우라의 질문.

유적에 진입하기 전까지만 해도 끝까지 비밀스럽게 굴던 루인이 지금에 와서 갑작스럽게 자신의 진면목을 드러낸 이유.

베바토우라는 그 이유가 두려울 수밖에 없었다.

루인의 입가가 기이하게 씰룩였다.

"혼주(魂珠)를 파괴하여 므드라의 졸개에게 타격을 입히고 싶었다면 진즉에 그리했겠지."

그대로 굳어 버리고 만 다인.

혼주를 부수겠다는 루인의 말은 자신을 죽이겠다는 뜻이나 다름없었기 때문이다.

그러나 정작 루인의 본심은 그런 것이 아니었다.

유클레아의 스승.

몰랐다면 몰라도 알게 된 이상 이제 다인은 자신에게 외부인이 아니었다.

더욱이 그는 흑마법사도 백마법사도 아닌 회색의 마법사.

오히려 자신과 비슷한 길을 걸어가는 그에게 반가운 마음도 있었다.

"어차피 나의 가문에 도착하면 알게 될 일. 그때 가서 충격

받지 말라고 미리 언질해 두는 거다. 별다른 뜻은 없으니까 너무 걱정하지 마."

"······."

루인이 한껏 웃으며 말하고 있지만 다인은 긴장을 늦출 수 없었다.

루인의 행동이 호의인지 협박인지 구분이 되지 않았던 것.

그렇게 희미하게 웃던 루인이 선착장의 바닥에 술식을 그리기 시작했다.

우우우우웅—

술식이 강렬하게 타오르자 온 사방에 찬란한 휘광이 몰아쳤다.

강력한 술식의 기운을 감지한 루인의 동료들이 깜짝 놀란 얼굴로 갑판에서 내려왔다.

"루인?"

"메스 텔레포트(Mass Teleport)?"

다프네가 당황해하며 루인을 쳐다봤다.

"공간 이동을 하겠다는 거에요? 국경은요?"

국가들 간의 모든 국경에는 대규모 공간 이동 방해 트랩이 설치되어 있었다.

그런 트랩이 없다면 첩자와 어쌔씬 같은 위험인물들이 언제든지 침입할 수 있는 것이다.

"초월자들을 모두 불러와. 너희들도 빠짐없이 짐을 챙겨.

곧 출발할 거니까."

"아니! 그게 무슨!"

공간 이동 마법으로 함부로 국경을 넘었다간 곧바로 개죽음이었다.

육체가 산산조각이 나거나 미지의 아공간으로 빨려 들어가 영영 되돌아오지 못할 수도 있는 것이다.

"호호, 걱정할 것 없다구."

어느덧 다가온 기메아스.

황당한 표정으로 루인에게 따지려던 시론이 이내 그녀를 쳐다봤다.

"걱정할 게 없다니…… 그게 무슨 말씀이십니까?"

"그딴 트랩이 저 녀석에게 장애가 될 리 없거든."

"예?"

나직이 한숨을 쉬던 기메아스가 보다 구체적인 설명을 늘어놓았다.

"저 녀석은 분명 자신의 감각권 내의 거리만 공간 이동을 할 거야. 감각권 내라면 트랩의 위치 따위는 모조리 파악할 수 있어."

"가, 감각권이요?"

감각권(感覺圈).

술식으로 통제할 수 있는, 한 마법사의 마도 구역.

무투대회 당시, 대회장 전체를 뒤덮었던 선배들의 광활한 감각권에 시론은 더없는 충격을 받은 적이 있었다.

시론이 이내 루인에게 물었다.

"아무리 너라도 그게 가능한 거냐? 마력이 남아날 리가 없 잖아?"

감각권 내의 공간 이동만 반복한다?

직선거리만 가정한다고 해도 이곳 웨자일에서 르마델 왕 국까지는 최소한 3천 킬로미터의 거리.

더욱이 르마델의 북부인 하이베른가의 영지까지는 그보다 더욱 먼 거리였다.

메스 텔레포트 같은 고위 술식을 수백, 수천 번을 반복해야 하는 것이다.

가장 당황스러운 건 웨자일 왕국과 르마델을 가로막고 있 는 기다란 협해.

그 광활한 바다 가운데의 좌표를 루인이 알고 있을 리가 없 었다.

아무리 마법사의 감각권이 넓다고 해도 지정 좌표를 모른 다면 공간 이동은 성립될 수가 없는 것이다.

"이 아이들 정말 웃기네, 호호!"

대체 이 녀석들은 초월자를 뭐라고 생각하는 걸까?

무심한 얼굴로 침묵하고 있던 리리아가 웃고 있는 기메아 스를 노려봤다.

"웃지 말고 제대로 설명해."

환상의 군주였던 자신에게 저런 건방진 표정이라니!

하지만 상황은 완전히 역전되어 있었다.

가변세계에서 완성했던 권능의 절반만이라도 유지되었다면 좋았건만.

불행히도 지금의 자신에게는 저토록 나약한 마법사조차 상대할 힘이 남아 있지 않았다.

"뭐, 알겠어."

이내 기메아스가 머나먼 하늘과 협해의 수평선을 번갈아 가늠하며 곰곰이 계산했다.

"내가 권능을 잃지 않았다면 지금 내 시야가 닿는 곳은 모두 나의 감각권이야. 음…… 조금 무리하면 시야 너머까지도 충분히 가능하고."

"……뭐라고?"

황당해하는 리리아.

저 머나먼 창공과 까마득한 수평선까지 감각권을 드리울 수가 있다고?

최소 수십, 아니 수백 킬로미터는 족히 넘는 그 엄청난 거리를?

"과장이 아니다."

"바스더!"

뒷짐을 진 채로 선착장에 나타난 패왕이 기메아스의 주장에 동조하고 나선 것.

"전성기의 나 역시 국경의 절반을 감각권으로 감지하고 있었다. 때문에 내가 지키던 곳은 어떤 침범도 허용하지 않았지."

패왕의 전성기라면 그의 영토가 제국의 위상을 갖추던 시기.

그 광활한 영토의 절반을 자신의 감각권으로 통제한다고?

바스더를 바라보는 다프네의 얼굴이 멍해져 있었다.

"아니…… 그게 말이나 돼요? 그런 게 인간에게 가능할 리가 없잖아요?"

"흥. 초월(超越)이라는 것이 네놈들에겐 그저 경지를 구분하는 단어밖에 되지 않는다는 것이냐."

인간의 굴레를 벗어던진 경지, 초월.

그제야 루인의 동료들은 왜 사히바가 그토록 초월자들을 가두려고 한 건지를 십분 이해하고 있었다.

사람들의 틈에서 살아가는 것만으로도 위험천만한 재해(災害), 그 자체라 할 수 있는 존재들.

시론이 멍청해진 표정으로 루인을 응시했다.

"이 메스 텔레포트의 탈출 좌표…… 지금 어디로 연결되어 있는 거지?"

루인은 아무렇지도 않은 듯이 대답했다.

"릴그라시(市)를 감싸고 있는 북쪽 산등성이 어딘가다."

"……뭐?"

그곳은 르마델 왕국의 남단 산맥의 등줄기가 시작되는 곳.

일차 목적지인 게노드 항구보다도 훨씬 먼 거리의 좌표였다.

"릴그라시의 북쪽 산등성이라면…… 우리가 넘었던 그 산이네요?"

"오면서 틈틈이 좌표를 살폈지."

루인 일행은 하이렌시아가와 까마귀들의 눈에 띄지 않기 위해 철저하게 산맥을 타고 남하했었다.

"그럼 네 감각권이……?"

"지금으로선 거기까지가 한계더군."

그야말로 상상도 되지 않는 영역의 감각권.

한 인간의 권능이라고는 믿을 수 없을 정도였다.

비로소 초월자의 진정한 능력을 실감하게 된 루인의 동료들은 말없이 굳어질 수밖에 없었다.

이제는 루인이 자신들과 같은 공기를 마시는 인간으로는 도저히 여겨지지 않는 것이다.

"호호! 대단해! 내가 가지고 있던 감각권과 거의 비슷한 정도인데? 역시 마법사다 이거야?"

현상과 실체보다는 정신의 영역을 탐구하는 데 집중하는 주술은 확실히 이런 점에서 마법보다 취약한 측면이 있었다.

하지만 그 누구보다 당황하고 있는 건 테오나츠의 현자 다인이었다.

"대체 자네들은 지금 무슨……."

대화에 집중하고 있던 다인은 충격을 넘어선 전율을 느끼고 있었다.

귀를 의심하게 했던 몇몇 단어들.

초월자들? 바스더?

패왕을 바라보는 다인의 두 눈은 극도의 동요로 물들어 있었다.

"패왕……?"

"아, 다인 님은 아직 모르시는구나."

자신만 빼고 모두가 알고 있는 눈치.

대체 저 가변세계에서 무슨 일이 일어났던 거지?

그즈음 사히바와 샤흐나, 제란이 나타났다.

이제는 의복을 걸치고 있는 인류의 첫 쌍.

루인과 그의 동료들은 오히려 그 모습이 더 어색했다.

현실을 받아들인 인류의 첫 쌍은 루인의 뜻에 한 번도 반기를 들지 않으며 고분고분 따라왔다.

"이제 다 모였군. 마법진으로 모두 올라와."

그렇게 초월자들이 마법진에 올라섰고.

루인의 동료들도 모두 모이자 술식의 휘광이 더욱 찬란하게 빛나기 시작한다.

끼룩끼룩―

저 멀리 하역장의 인부들이 자신들을 바라보고 있었다.

〈드디어 안녕이네요.〉

웨자일 왕국.

바람 한 점 불지 않았던 무한해.

그리고 위험천만했던 가변세계.

이 해천(海天)의 섬나라에서 루인과 동료들은 뜻깊은 추억과 성장을 경험했다.

그렇게 웨자일에서 보낸 시간은 모두에게 소중하게 남아 있었다.

루이즈가 누군지도 모를 사람들에게 환하게 웃으며 손을 흔들었다.

어색하게 서 있던 인부들이 휘파람을 불며 화답해 주고 있었다.

〈언젠간 이곳에 또 올 수 있겠죠?〉

"살아 있다면. 반드시."

루인도 협해를 잊을 수 없었다.

언젠가는 이 아름다운 경치를 다시 보게 될 것이다.

그리고 해천의 영웅, 폭풍의 제왕으로 돌아올 란시스를 기대했다.

반드시 그는 전생을 능가하는 영웅이 되어 자신을 즐겁게 해 줄 것이다.

"간다."

"세베론! 반대위상!"

"아 맞다! 히이이익!"

"꺄아아아아악!"

귀를 틀어막고 있는 루인의 동료들이 이내 희미해진다.

화아아아악!

눈부신 광휘와 함께.

그렇게 루인 일행은 웨자일에서 자취를 감추었다.

화아아아아아악!

눈부신 빛살과 함께 루인 일행이 나타난 곳은 몽델리아 산맥의 외곽 임연부.

거대한 사자성의 성곽이 한눈에 보이는 곳이자 광활한 북부 공작령의 시작점이었다.

공간이동의 뾰족한 고주파에 귀를 틀어막고 있던 세베론이 믿을 수 없다는 듯이 중얼거렸다.

"와……! 진짜네! 진짜 베른 공작령이야!"

방금까지만 해도 웨자일 랜드의 하역장이었다.

3천 킬로미터 이상 떨어진 르마델의 북부까지 오는 데 걸린 시간은 단 10분.

고작 4번의 메스 텔레포트만으로 그 먼 거리를 이동해 왔다는 것이 세베론은 믿기지가 않았다.

루인은 말없이 거대한 성곽을 응시하고 있었다.

하이베른가.

위풍당당한 사자성.

기사의 신념과 투지를 들끓게 만드는 위대한 성지.

한데 뭔가 달랐다.

영지 전체가 변해 있었다.

성문으로부터 뻗어 나온 길은 더 이상 볼품없는 가도(假道) 같은 길이 아니었다.

사자성의 성문에서 뻗어 나와 북부 전체로 거미줄처럼 흩어지고 있는 길.

그 모든 도로에는 단단한 화강암을 부수어 만든 벽돌이 빈틈없이 채워져 있었다.

이내 루인은 임연부를 지나 몽델리아 산맥의 외곽으로 이어지고 있는 길 하나를 살폈다.

화강암 벽돌로 조성한 그 튼튼한 길에는 마차 바퀴로 인해 닳은 자국이 가득했다.

그 하나만으로 루인은 저 사자성에 드나드는 물동량을 손쉽게 짐작할 수 있었다.

저 멀리 보이는 수도 없는 짐마차들.

무슨 길드의 것인지도 모를 형형색색의 깃발들이 끝도 없이 이어져 있었다.

루인은 이런 광경을 본 적이 없었다.

전성기의 하이렌시아가, 아니 인류 최후의 숙영지였던 벡타스 평원도 이 정도는 아니었다.

'소에느……'

8년.

영지 경영이라는 과업에 있어 그리 긴 시간은 아닐 것이다.

하나 그녀는 이 사자의 대지를 수도 왕성 이상으로 변모시켜 놓았다.

자신의 눈이 틀리지 않았다는 것.

비로소 루인은 기분 좋게 웃을 수 있었다.

"와! 이건 에어라인 이상인데?"

시론의 감탄성.

왕국의 모든 부(富)가 모이는 에어라인을 경험한 생도들에게도 지금의 광경은 생경한 것이었다.

볼품없는 가도를 따라 시야가 닿는 끝까지 펼쳐져 있던 갈대밭도 온데간데없었다.

온갖 간판을 매단 상점들이 마치 사자성의 외성처럼 둘러싸고 있었다.

도시.

하이베른가의 사자성은 그 자체로 하나의 거대한 도시처럼 변해 있었다.

"정말 알칸 제국에 온 것 같아요."

루인이 다프네를 물끄러미 쳐다보았다.

"가 본 적이 있나?"

"물론이죠. 저 입탑 마법사예요."

마법학회와 학과 소집령, 마탑 간의 활발한 연구 교류.

다프네는 어린 시절부터 알칸 제국의 이곳저곳을 유람할
기회가 많았다.

"수도 '라 알칸'만큼은 아니지만 웬만한 중규모 도시 수준
은 이미 넘은 것 같아요. 정말 대단해요."

시론이 흐흐 하고 웃으며 말했다.

"역시 루인 네가 남기고 간 마정석 때문이겠지?"

루인이 소에느에게 남겨 주고 간 마정석의 가치는 무한정
시장에 풀어서 갈수록 가치가 낮아지는 것을 감안한다고 해
도 최소 800억 리랑.

그 천문학적인 돈이라면 눈앞의 광경이 충분히 설명되고
도 남음이었다.

"글쎄."

루인은 누구보다도 소에느를 잘 알고 있다.

단순히 돈을 불리는 재주 따위가 그녀가 가진 재능의 전부
였다면 그 자리에 앉히지도 않았다.

그러나 소에느가 아무리 가문을 번영으로 이끌어 가고 있
다 해도 마지막 하나의 조건이 전제되지 않는다면 모든 것이
무용지물.

185

문득 루인은 시험해 보고 싶어졌다.

그렇게 루인은 초월자의 권능을 일으켰다.

물리적인 변화는 크게 없었다.

단지 그의 주위로 어두운 잿빛의 기운이 아른거리며 물결 치고 있을 뿐.

"루, 루인!"

하지만 생도들은 일제히 안색이 창백해져 있었다.

마나를, 투기를 익힌 사람이라면 그 광대무변한 기운을 느끼지 못할 리가 없었다.

저 거대한 흑암, 초월자의 압도적인 권능을.

그렇게 루인이 초월자의 권능을 드러내자.

저 멀리 사자성의 첨탑 위에서 하늘 전체를 물들일 것만 같은 진녹색 오러가 찬란히 피어났다.

진녹빛 오러.

검성 특유의 혼돈, 진멸파장.

진멸의 기운을 품은 월켄의 검이 루인을 향해 수직으로 낙하한다.

어림잡아도 수천 미터의 거리였으나 그의 검혼이 닥친 것은 그야말로 찰나.

콰아아아아앙!

푸스스한 흙먼지가 잦아들었을 때 루인은 어느덧 웃고 있 었다.

단숨에 거리를 좁히며 도착한 검성의 얼굴이 환해졌다.

"루인!"

월켄은 가타부타 말도 없이 루인을 끌어안았다.

루인이 그의 등을 두드리며 웃었다.

"검이 많이 늘었군."

크게 내색하진 않았지만 루인은 진심으로 놀라고 있었다.

그의 진멸파장에 담겨 있는 혼돈의 밀도란 가히 말도 안 되는 수준.

고작 8년 만에 일궈 낸 성장이라고는 믿을 수 없을 정도로 대단한 것이었다.

이 정도라면 몇 년 이내로 전성기 수준의 검성을 볼 수 있을 것만 같았다.

"장난하는 거냐?"

루인의 양어깨를 잡고 있는 검성의 손이 아직도 믿기지 않는다는 듯 떨리고 있었다.

"대체 그 엄청난 기운은 뭐였지? 난 정말 사람이 아닌 줄로만 알았다."

필설로는 설명할 수 없는 아득한 힘.

그것은 인간이 뿜어낼 수 있는 힘이라고는 도저히 생각할 수 없을 정도의 거력이었다.

게다가 그건 마력과 투기, 그 어디에도 해당되지 않는, 그 야말로 생전 처음 겪는 종류의 힘이었다.

루인은 굳이 숨기지 않았다.

"초월이다. 월켄."

"초월(超越)……?"

막연하게 상상만 해 온 경지.

분명 이론으로는 다루고 있었지만 그것은 인간의 역사, 그 누구도 실체를 규명해 내지 못한 미지의 경지였다.

월켄의 표정에는 혼란스러운 감정이 역력했지만 눈앞에 있는 이는 다름 아닌 루인.

자신에게 수도 없이 불가사의를 느끼게 만든 장본인이었다.

검성이 허탈하게 자조했다.

"어처구니가 없군. 실컷 따라잡았다고 생각했는데……."

"그 말. 무척 반갑군."

-싯팔. 실컷 따라잡았다고 생각했는데…….

그 옛날, 결투에서 매번 패배한 검성이 입버릇처럼 하던 말.

그때, 월켄의 정수리 부근에서 진득한 자줏빛 기운이 흘러나오기 시작했다.

츠츠츠츠츠—

어지럽게 흩날리는 자줏빛 귀화(鬼火).

어느새 완연한 핏빛으로 물든 그 기운은 이내 악마적인 형상을 만들어 냈다.

감정을 알 수 없는 기괴한 표정.

검붉은 피로 얼룩진 섬뜩한 표정의 쟈이로벨은 루인을 정면으로 응시하고 있었다.

〈미친놈.〉

쟈이로벨.

혈우 지대의 정복 군주.

마신(魔神)의 격을 이룬 그였기에 알 수 있었다.

월켄이 느끼지 못한 진정한 힘의 실체를.

저 루인은 떠나기 전과는 비교가 무의미한 존재가 되어 있었다.

루인이 어이가 없다는 듯이 웃고 있었다.

"내 허락도 없이 사람들 앞에 모습을 드러내다니. 미친놈이 된 건 네놈인 것 같은데?"

〈다, 닥쳐라!〉

달라진 루인을 향해 쟈이로벨이 느끼고 있는 감정은 한마디로 정의할 수가 없었다.

알 수 없는 복잡 미묘한 감정.

질투와 분노, 반가움과 적대감, 안도와 자책.

온갖 혼란스러운 감정들이 쟈이로벨을 당황스럽게 만들고 있었다.

그렇게 쟈이로벨이 본래의 보금자리로 다시 귀속되려고 할 때, 갑자기 루인이 영혼의 문을 닫았다.

쟈이로벨이 소스라치게 놀란 건 당연했다.

〈어, 어떻게?〉

물론 루인은 자신과 정식으로 계약을 맺은 혼주는 아니었 다.

하지만 한낱 인간이 마신의 영혼 침범을 막아 낼 수 있다는 게 믿기지가 않았다.

"기다려. 생각 중이니까."

루인은 쟈이로벨을 올곧이 믿을 수가 없었다.

초월자의 경지에 다다르며 자연스럽게 받아들일 수 있었 던 사실, 시간의 절대성.

물론 자신의 회귀는 지금의 쟈이로벨이 아닌, 과거의 그가 한 짓이었다.

그러나 과연 마신에 이른 존재의 본질이 변할 수 있을까.

과거의 쟈이로벨이 자신에게 뭔가를 숨겼다면 저 쟈이로 벨도 온전히 믿을 수는 없었다.

앞으로 옛 초월자들과 세계의 비밀에 대해 많은 대화를 나누게 될 것이다.

그 비밀을 과연 마신이 들어도 상관없을까?

루인의 마음속에 그런 의심이 계속 커져만 가자 쟈이로벨의 흉악한 얼굴이 더욱 처참하게 일그러졌다.

〈네놈…… 설마 날 믿지 못하고 있는 것이냐?〉

루인의 눈빛만 봐도 알 수 있었다.

자신을 불신하고 있다는 것을.

〈내가…… 이 쟈이로벨이 네놈에게 어떤 희생을 해 왔는데……! 감히 어떻게 네놈이……!〉

"희생?"

〈다름 아닌 네놈이 말하지 않았느냐! 네놈을 위해 내가 소멸을……!〉

"이 새끼가 이제 눈에 뵈는 게 없냐?"

〈…….〉

이 많은 사람이 보고 있는 앞에서 회귀의 비밀을 밝히려고 할 만큼 샤이로벨은 불같이 화가 나 있었다.

루인은 여전히 차가운 얼굴로 샤이로벨을 노려봤다.

"네놈이 천 년 동안 우리 가문에 숨어들어 악행을 저질러 온 사실 역시 변하지 않는 진실이다."

〈그, 그건! 네놈의 선조 사흘이……!〉

"여기서 네 볼품없는 과거 얘기를 다 해 보자고?"

샤이로벨이 일그러진 표정으로 침묵하고 있을 때 놀랍게도 지금까지 단 한마디도 하지 않던 사히바의 입이 열렸다.

"이쯤에서 소란을 접도록 해라. 저 상태로 계속 놔둔다면 빛을 깨우친 아이들이 이곳을 주목하게 될 것이니."

빛을 깨우친 아이들?

잠시 고개를 갸웃하던 루인이 이내 무겁게 표정을 굳혔다.

그의 표현이 창조자의 의지를 받아들인 초월자들, 즉 하늘 광선을 구현할 수 있는 '존재'들이라는 것을 깨달은 것.

루인이 하는 수 없이 영혼의 문을 열었다.

스스스스스—

샤이로벨의 강림체가 자줏빛 귀화로 흩어지다 이내 루인의 정수리로 스며든다.

샤이로벨의 이런 행동은 뻔했다.

분명 가변세계에서 무슨 일이 있었는지 말해 달라며 끊임없이 졸라 댈 것이다.

Chapter. 80

"루인! 저기!"

시론이 놀라며 성문 쪽을 바라보고 있었다.

그곳엔 육중한 무장을 갖춘 기사들이 자신들의 군주를 모시며 절도 있게 행진을 시작하고 있었다.

그들의 중심.

거대한 중검을 등에 이고 있는 자가 있었다.

포효하는 사자상이 양각된 중갑을 걸친 채 천천히 걸어오던 그는 이내 루인을 발견하며 격동하고 말았다.

처음에 루인은 아버지 카젠인 줄로 착각했다.

그러나 붉은 투구 사이로 드러난 그의 두 눈에는 눈물이 그렁했다.

사자왕은 영지민들이 보는 앞에서 결코 눈물을 보일 사람이 아니었다.

"혀, 형님!"

사자왕을 빼다 닮은 베른 공작가의 둘째 아들.

루인은 붉은 망토를 펄럭이며 미친 듯이 달려오는 자신의 동생, 데인을 차갑게 노려보고 있었다.

어느덧 아버지만큼이나 커 버린 동생이었으나 루인은 마음에 차지 않았다.

"검을 들어라."

사자성의 주인이 될 자가 강대한 적의 기운을 느끼고도 검성보다 늦게 나온 것.

데인에게 어떤 사정이 있었든 그것은 중요하지 않았다.

자신이 마음만 먹었다면 이미 저 거대한 사자성은 모두 가루가 되었을 것이다.

데인의 갑주를 붉게 물들이고 있는 대공자의 상징.

역시 고모 소에느는 결단코 데인을 하이베른가의 대공자로 옹립했다.

루인은 흡족했으나 내색하지 않았다.

"내가 악제였다면 이 사자성은 이미 재로 변했다."

데인이 말없이 등에 인 대검을 내렸다.

그는 가타부타 변명하지 않으며 검을 투구 사이로 세웠다.

"오시지요."

루인은 천천히 자신의 내부를 관조하고 있었다.

잿빛(灰)의 권능.

투기도 마력도 아닌 스스로도 정의를 내릴 수 없는 신비한
힘.

심상으로 구현할 수 있는 거의 모든 형태로 운용할 수 있으
며, 그 힘은 자연법칙조차 비틀 수 있을 정도로 파괴적인 위
력을 지니고 있다.

하지만 루인은 동생을 느끼고 싶었다.

녀석이 이룩한 검(劒).

하이베른가의 검술, 그 육중한 중검을 루인은 기꺼운 마음
으로 맞이했다.

콰아아앙!

데인의 흔들리는 눈빛.

자신의 마샬 스트라이크(Martial Strike)를 가볍게 막아 내
고 있는 것은 다름 아닌 형의 손이었다.

비록 사자검의 기본 검공이었으나 초인에 진입한 자신의
검은 아버지조차 무시할 수 없는 것.

하나 데인의 그런 생각은 더 이상 이어지지 못했다.

감각을 최대로 개방한 데인의 시야에 느릿하게 움직이는
루인의 눈동자가 포착되었기 때문.

파파팟!

온몸의 감각이 비명을 지르며 경고한다.

그렇게 뛰어든 속도보다 더 빠르게 뒤로 물러났을 때—

스스스슥!

깃털처럼 가벼운 형의 손짓에 방금까지 자신이 있었던 공간이 거대한 쇳덩이에 맞은 것처럼 함몰된다.

이내 엄청난 폭발음이 대지를 집어삼켰다.

콰아아아아앙!

화강암 벽돌이 사방으로 비산하자 데인의 대검이 전광석화처럼 움직였다.

상상도 해 보지 못한 압도적인 힘 앞에서 그의 얼굴은 오히려 희열로 물들어 있었다.

쿵!

데인이 밟고 있던 땅이 순간적으로 움푹 꺼지며 이내 그의 몸이 포탄처럼 튕겨 나갔다.

콰아아아아앙!

손목이 아릿할 정도의 충격.

이번에도 자신의 대검을 가로막고 있는 건 형의 작은 손이었다.

그때 데인은 확신했다.

자신의 모든 것을 꺼내도 된다는 것을.

사자의 투기가 포효한다.

촤아아아아아—

데인의 전신에서 눈부신 황금빛이 폭사된다.

유형화된 투기 폭풍.

스피리츄얼 파워(Spiritual Power), 위대한 사자의 혼(魂)이었다.

쿠구구구구구구구—

압도적인 사자의 투기 앞에서 거대한 몽델리아 산맥이 진동하고 있었다.

데인이 숨기고 있었던 힘은 아버지 카젠의 전성기 이상이다.

루인은 흡족했으나 그의 입매가 비틀린 것은 찰나에 지나지 않았다.

순간 데인의 대검이 믿을 수 없는 속도로 변화했다.

이미 그의 대검에는 싯누런 오러 블레이드가 촘촘하게 얽혀 있었다.

까아아아앙!

좁혀지는 데인의 두 눈.

분명 자신의 공격이 형의 어깨에 적중했는데 새파란 불꽃이 튕겨 나온다.

흡사 강철에 부딪힌 듯한 감각.

데인이 저릿한 손에 악착같이 힘을 주며 마샬 히팅(Martial Hitting)의 연격을 이어 갔다.

그것은 거대한 대검이라고는 도저히 믿을 수 없는 속도.

번개처럼 찔러 간 데인의 워 카운터를 맞이한 것은 고작 잿빛의 마력 칼날 하나였다.

콰아아아아앙!

시간이 멈춘 것 같은 찰나의 공백.

루인의 전방을 휘감은 것은 거대한 십자가, 싯누런 크로스 어택이었다.

씨익.

그대로 마력 칼날을 회수한 루인이 놀랍게도 오러 블레이드를 양손에 쥐며 벌리고 있었다.

투기의 결정체인 오러 블레이드를 맨손으로 쥐다니? 그것도 초인의 투기를?

순간 데인이 깜짝 놀라며 대검을 방패 삼아 몸을 웅크렸다.

루인을 시야에서 놓쳐 버린 것.

자신이 있던 공간이 어둑해지자 데인이 소스라친 얼굴로 고개를 쳐들었다.

그의 시야로 가득 차오른 것은 형의 주먹이었다.

콰아아아아아앙!

데인은 유리처럼 깨지며 비산하고 있는 자신의 대검을 망연자실하게 쳐다보고 있었다.

전력으로 펼친 소울 퓨리(Soul Fury), 게다가 내부의 투기를 모조리 스톰 브릿지로 연결한 상태.

그것은 목숨이 위태로운 순간이 아니라면 절대로 활용하지 말라던 아버지의 경고까지 무시한 대응이었다.

데인은 악착같이 일어났으나 투기가 이어지지 않았다.

이미 내부가 가닥가닥 끊어진 상태.

스톰 브릿지의 후유증이란 상상해 온 이상으로 심각했다.

'저럴 수가…….'

멀리서 그 모든 광경을 지켜보고 있던 다인 아조스.

그는 두 눈으로 보고도 도저히 믿을 수가 없었다.

스피릿 오러의 상위 단계인 스피릿 오러 블레이드.

상위 초인의 상징이라고 할 수 있는 그 힘은 드래곤의 비늘마저 뚫을 수 있는 거력이었다.

오러 블레이드를 구사하는 기사란 존재하는 자체만으로도 세계의 재앙이라 불린다.

절대병기 마장기를 단독으로 상대할 수 있는 유일무이한 존재이기 때문.

때문에 오러 블레이드를 정복한 초인 기사는 국가의 극비 전략 자산으로 분류된다. 거의 마장기급의 대우를 받는 것이다.

한데 저 루인은 그런 엄청난 초인 기사를 맨몸으로 상대하며 오히려 압도하고 있었다.

아니, 자신의 힘을 모두 드러낸 것 같지도 않았다.

마치 산보하듯 오러 블레이드의 초인을 시험하고 있는 것.

단신으로 마장기를 박살 낼 수 있는 상위 초인을 저렇게 쉽게 제압할 수 있다는 게 도무지 믿어지지가 않았다.

'정말 초월자라는 건가? 게다가 저 어린 기사는⋯⋯.'

루인도 무시무시했지만 저 붉은 망토의 기사 역시 미스터리였다.

상위 초인 기사는 알칸 제국 내에서도 고작 다섯.

하지만 그들 대부분은 수명을 초월하여 백 년 가까이 검을 수련한 자들이었다.

한데 저 어린 나이의 기사는 그들과 비슷한 경지를 구사하고 있었다.

더욱이 자신과 함께 전투를 지켜보고 있는 진녹빛 오러의 기사.

루인을 공격하던 그의 검 역시 스피릿 오러 블레이드였다.

'대체 이 하이베른가는⋯⋯.'

이들은 사자왕도 아니다.

이 젊은 기사들조차 이렇게 무시무시하다면 도대체 사자왕이란 작자는 얼마나 강하단 말인가?

그제야 다인은 알칸 제국의 정보력이 완벽하지 않다는 것을 마음으로부터 인정할 수밖에 없었다.

반면.

-쟈, 쟈이로벨⋯⋯!

마왕 베바토우라의 처절한 신음성.

혈우 지대의 군주, 쟈이로벨의 강림체를 직접 목격하게 된
그는 극도로 동요하고 있었다.

현상계에 자신의 강림체를 현신하는 것이 아무렇지도 않
을 정도라면 이미 상당 수준까지 회복했다는 뜻.

이제는 확실해졌다.

쟈이로벨과 놈의 권속들은 지금 이 순간에도 회복에 회복
을 거듭하고 있다는 것을.

비록 저자가 자신의 주인에게 패배한 마신이라고 해도, 그
의 전율적인 혈우(血雨)를 똑똑히 기억하고 있는 베바토우라
에겐 아직도 선연한 공포.

-너와의 오드를 끊겠다!

오드를 끊는다는 건 계약을 유예하거나 파기하고 마계로
돌아가겠다는 것.

현자 다인은 오히려 잘됐다는 듯이 고개를 끄덕이고 있었
다.

'인연이 있다면 또 만나세.'

그때 루인이 비틀거리는 다인을 쳐다보고 있었다.

그의 영혼에 깃들어 있던 마왕 베바토우라의 기운이 더
이상 느껴지지 않았다.

희미하게 웃는 루인.

"베바토우라 놈이 도망쳤나?"

현자 다인이 말없이 서 있을 때 데인이 다가왔다.

"형님……."

같은 사람임이 의심될 정도의 아득함.

정말이지 그대로였다.

한 치도 변하지 않은 그 옛날의 형.

데인이 정중하게 무릎을 꿇는다.

"데인 헤네스 루인 베른."

그는 손잡이밖에 남아 있지 않은 대검으로 정중하게 검례를 올리고 있었다.

"하이베른가의 대공자를 뵙습니다."

루인은 억눌린 심정으로 서 있었다.

살아 있는 혈족의 이름을 미들네임으로 삼는 경우는 없다.

미들네임에 이름을 넣는다는 건 일반적으로 죽은 자를 추존하는 의미.

"날 죽었다고 여겼느냐."

"가문은 대공자의 위계를 오래 비울 수 없었습니다."

마치 감정을 도려낸 듯한 데인의 말투.

비로소 루인은 성장한 데인의 검술을 맞이했을 때보다 더한 감격을 느끼고 있었다.

데인의 성장은 자신의 생각을 훨씬 상회했다.

이내 갑주를 물들이고 있던 대공자의 문양, 붉은 휘장을 떼어 낸 데인.

"무거웠습니다. 받아 주십시오."

대검을 내려놓은 채로 공손히 휘장을 받들어 올리고 있는 데인.

말없이 그 모습을 바라보던 루인이 차갑게 일갈했다.

"가문의 모든 결정은 대공의 인(印)으로 하는 것. 섣부르다 데인."

"형님……."

형제의 재회를 무심히 지켜보고 있던 검성 월켄이 데인을 노려봤다.

"네 녀석. 실력을 숨기고 있었구나."

데인이 피식 웃으며 일어났다.

"그건 형님도 마찬가지 아닙니까?"

분명 검성의 영향을 받은 데인이 급격하게 성장하리라는 것은 루인의 예상 안이었다.

그러나 설마 이 정도까지 빠르게 성장하리라고는 루인도 생각하지 못한 것이었다.

검성의 그늘에 억눌려 스스로를 할퀴던 검술왕.

그런 저주와도 같은 욕망에 휩싸이지 않고서 곧은 마음과 순수한 열정만이 남게 된 데인은 전혀 다른 존재가 되어 있었다.

"월켄. 너 그러다 검성(劍聖)의 칭호를 빼앗길지도 모르겠구나."

"흥! 허튼소리!"

애써 콧방귀를 끼고 있지만 내심 긴장하는 태가 역력하다.

일어난 데인이 주위를 두리번거리며 루인과 함께 온 초월자들과 현자 다인을 살피고 있었다.

"형님, 저분들은 누구십니까?"

"본 가의 손님들이다."

그 말에 데인은 더는 따져 묻지 않았다.

"하이베른가의 대공자, 데인입니다."

정중하지만 도도한 검례.

과하지도 치우치지도 않은 데인의 예법에 현자 다인이 감탄한 듯한 표정으로 마주 인사했다.

"테오나츠 마탑의 다인 아조스라 하네. 편하게 다인이라고 불러 주시게."

데인의 두 눈에 순간적으로 피어나는 진득한 적의.

"테오나츠?"

알칸 제국의 상징이라고 할 수 있는 마탑.

그 위험한 이름을 접한 르마델의 귀족이라면 경계하는 마음이 일지 않을 수가 없었다.

"경계할 것 없다. 이미 버림받은 마법사니까."

그 말에 현자 다인은 씁쓸하게 웃고 있었다.

형님의 말이 떨어지기가 무섭게 자신의 모든 의문을 비워 버린 데인.

"알겠습니다."

현자 다인이 루인을 바라보며 감탄을 터뜨렸다.

"허허……."

대체 그 믿음이 얼마나 공고하길래 저 무시무시한 상위 초인을 고양이 다루듯 한단 말인가.

"그나저나 아버지에게 실망이군. 이런 소란에 한 번 나와 보시지도……."

-뭐가 실망이란 말이냐.

사자의 대지에 천둥처럼 울려 퍼지고 있는 왕(王)의 음성.

저 멀리 보이는 망루 아래.

육중한 갑주를 걸치고 서 있는 아버지가 웃고 있었다.

루인은 이미 알고 있었다.

사자왕의 광활한 기운, 그 따뜻한 마음이 자신을 향해 있다는 것을.

쿵!

단숨에 성벽 아래로 뛰어내린 카젠이 천천히 걸어온다.

맹렬하게 얽혀 오는 사자의 투기.

그의 압도적인 기운에 패왕 바스더도 가볍게 놀라고 있었다.

"……대단하군."

패왕의 감탄은 카젠의 경지를 향한 것이 아니었다.

무인 그 자체.

그의 감탄은 자신만의 검술을 완성한 한 인간의 기도를 향해 있었다.

카젠은 감정 없는 눈으로 서 있는 루인의 두 눈을 물끄러미 바라봤다.

"그대로구나."

아니, 그의 모든 것이 달라져 있었다.

다만 녀석의 무엇이 달라졌는지를 알아볼 수가 없는 자신의 안목이 안타까울 뿐.

공손히 무릎을 꿇으며 머리를 조아리는 루인.

"루인 베른."

언제나 무감할 것만 같았던 대마도사의 눈시울은 어느새 붉어져 있었다.

"아버지를 뵙습니다."

희미한 미소로 두 팔을 벌리는 사자왕.

"안아 봐도 되겠느냐?"

◆ ◇ ◆

카젠이 루인 일행을 데리고 도착한 곳은 놀랍게도 사자성의 깊은 지하 아래 있는 취조실이었다.

갖은 고문 도구들이 벽면에 걸려 있는 광경을 물끄러미 쳐다보던 패왕이 히죽거렸다.

"지금 뭐 하자는 것이냐?"

어떤 의문도 드러내지 않은 채로 아버지를 따라온 루인.

아버지와 함께 이 취조실까지 함께 도착한 인물은 친위 기사 유카인과 데인, 그리고 소에느와 월켄이었다.

그렇게 함께 온 사람들의 면면만 살폈음에도 루인은 가문의 상황을 정확하게 살피고 있었다.

이 거대한 사자성에서 아버지가 온전히 믿을 수 있는 사람들만 데려온 것.

더욱이 이 지하 취조실은 가문의 중심 혈족을 제외하고는 그 존재조차 비밀인 곳이었다.

"가문에 첩자가 있는 겁니까?"

"그렇다."

확신에 가까운 어조.

기사들의 신념을 의심하는 것을 언제나 죄악시해 온 아버지라고는 믿을 수 없는 말.

"아버지……."

굳이 이 취조실을 선택했다는 건 소수의 혈족들까지 믿을 수 없다는 뜻.

대체 그동안 가문에 무슨 일이 있었단 말인가?

카젠의 감정 없는 눈동자가 초월자들을 훑고 있었다.

"지금부터 너는 틀림없이 세계적인 비밀에 대해 털어놓을 터. 너 역시 그 비밀이 외부로 흘러 나가는 것을 원하지 않을 것이다."

"그렇습니다."

"한데 왜 묻지 않느냐?"

가문의 혈족들조차 믿을 수 없는 상황.

치밀한 루인의 원래 성격대로라면 8년이라는 긴 시간 동안 가문에 무슨 일이 있었는지 벌써 묻고도 남을 시간이었다.

"아버지께서도 저자들에 대해 묻지 않고 계시지 않습니까?"

인류의 첫 쌍 사히바와 샤흐나.

불사의 군주 제란과 패왕 바스더.

그리고 호기심 어린 눈빛으로 서 있는 영묘족 기메아스까지……

루인의 말대로 카젠은 범상치 않은 분위기를 풍기고 있는 그들에 대해서 한마디도 묻지 않고 있었다.

물론 그 이유야 간단했다.

"네가 데려온 사람들이지 않느냐. 필요하다고 생각했다면 누구보다 네 녀석이 먼저 이야기를 꺼냈겠지."

말없이 웃고 있는 루인.

성 밖에서 느꼈던 아버지의 따뜻한 품이 이내 여운으로 다가온다.

금방 소에느의 청아한 목소리가 들려왔다.

"오라버니. 나는 생각이 달라요. 저들에 대해서 알아야겠
어요."

루인이 물끄러미 자신을 응시하자 소에느는 가볍게 목례
를 건넸다.

"대공자. 인사는 생략할게. 여유로운 상황이 아니니까. 저
들은 누구지?"

루인은 초조해하는 소에느의 표정을 무감한 시선으로 살
피고 있었다.

아버지를 향해 반역을 시도하면서도 눈 하나 깜빡하지 않
던 철혈의 여인.

그런 그녀가 저토록 불안을 느낄 정도라면 생각보다 가문
의 상황은 심각해 보였다.

"먼저 듣지. 그동안 있었던 일들에 대해서."

"……"

루인의 질문에도 소에느는 쉽사리 입을 열지 못했다.

믿을 수 없는 자들 앞에서 가문의 일을 모두 떠벌릴 수는
없었다. 듣는 귀가 너무 많았다.

"어차피 저들에 대한 신상 정보를 고모에게 말해줘 봤자
파악도 안 될 거야. 아버지처럼 날 믿어. 내가 데려온 사람들
이야."

물론 그 옛날의 대공자 루인은 믿을 수 없는 행적으로 가문의 위상을 드높였다.

그러나 이건 믿음의 문제가 아니라 변수의 문제.

거대한 검가의 내실을 경영하는 자로서 단 한 치의 변수도 용납하고 싶지 않은 것이 소에느의 솔직한 심정이었다.

그때 바스더의 비웃는 듯한 목소리가 들려왔다.

"굳이 숨길 이유가 있느냐? 나는 바스더다."

순간 휘둥그레 눈을 뜨는 소에느.

"무슨……?"

당황해하는 소에느를 바라보며 피식 웃고 있는 루인.

"고모에게 천오백 년 전의 초월자, 패왕(覇王)의 신상을 확인할 수단이 있나?"

잊힌 제국, 바스더리아.

공포와 전율로 대륙을 지배하던 악마적인 존재.

"저들도 마찬가지야. 인간들에게 태초신이라 불려 온 사히바와 그가 인도한 첫 초월자 샤흐나. 불사의 군주 제란, 그림자를 다루는 영묘족 기메아스까지…… 최소한 만 년, 길게는 수십만 년 전의 인간들이야. 대체 그런 자들의 신원을 무슨 수로 검증하겠다는 거지?"

루인이 굳이 저들의 신상을 미리 밝히지 않은 것은 애초부터 이건 믿음의 영역이었기 때문.

그 순간, 검성 월켄의 정중한 검례가 이어졌다.

"검주를 뵙습니다."

검주(劍主).

자신의 뿌리를 향한 최대한의 경의.

월켄 역시 저 패왕이 진짜인지, 그 오래전의 인간이 어떻게 지금까지 생명을 이어 갈 수 있는지에 대해 궁금해하지 않았다.

루인을 향한 믿음.

저 괴물 같은 녀석의 입에서는 지금까지 단 한 번도 거짓이 흘러나온 적이 없었다.

"내 혼돈에 해괴한 짓을 했더구나."

마음에 들지 않는다는 듯한 어투, 하지만 패왕 바스더의 표정에는 흥미로 가득했다.

"검주의 과업을 온전히 잇지 못한 후인의 불찰을 용서하여 주십시오."

"허허."

월켄의 정중한 예법에서 바스더는 허례가 아닌 진심을 느끼고 있었다.

문득 바스더는 월켄의 스승이 궁금해졌다.

"내 혼돈을 누구에게서 배웠느냐?"

"월 가벤더라는 분이셨습니다."

가벤더(Gavender).

바스더의 세 번째 아들로부터 뻗어 나간 성.

오랜 세월이 흘러 결국에는 방계로 분류되었지만 명백한 패왕의 후예였다.

"가벤더가(家)가 아직도 남아 있느냐?"

"스승님께서 마지막 가벤더셨습니다."

"으음……."

복잡한 감정으로 얼룩져 가는 바스더.

그는 곧 알칸 제국의 모진 핍박 속에서도 끝까지 자신의 혼돈을 지켜 낸 후손을 추모했다.

저 어린 녀석의 동공에 맺혀 있는 혼돈의 투기에 바스더는 가슴이 저릿해졌다.

그때 소에느가 홀린 듯이 루인을 바라보고 있었다.

"태초신이라구……?"

패왕만 해도 믿을 수 없는 판국인데 대체 태초신이라니!

태초신은 주신 알테이아처럼 이름이 알려져 있는 신도 아니었다.

그저 인간들의 역사에 상상으로만 존재해 온 신.

지금 이 자리에 르마델의 신관이 있었다면 거품을 물고 신성불가침의 죄를 물어 댈 것이었다.

데인 역시 볼품없는 노인에 불과한 사히바가 태초신이라는 것을 도저히 받아들이지 못하는 눈치였다.

"형님…… 아무래도 그건…….

"정말 태초신이라고 한 적은 없다."

"예?"

"말하지 않았느냐. 인간들에게 그렇게 불려 온 존재라고. 단지 확실한 건 저 사히바가 우리 인류의 최고령이라는 것이다. 물론 종(種)은 다르지만."

내내 묵직한 표정으로 서 있던 친위 기사 유카인이 참지 못하고 입을 열었다.

"대공자님. 대체 테아마라스의 유적에서 무슨 일을 겪으신 겁니까?"

루인이 저 무시무시한 존재들을 데리고 나타난 것은 틀림없이 테아마라스의 유적과 무관하지 않은 일일 터.

더구나 지금까지 그의 태도로 미뤄 볼 때 유적에서의 기억조차 잃지 않은 것처럼 보였다.

꼿꼿하게 선 채로 긴장을 견디던 다프네가 입을 열었다.

"테아마라스의 유적은 이제 존재하지 않아요. 기사님."

사람이 너무 당황하면 말이 나오지 않는다.

바스더가 그런 유카인을 재미있다는 듯이 바라보고 있었다.

"우리가 살던 가변세계는 알 수 없는 섭리에 의해 이미 파괴됐지. 대신전도 마찬가지다. 아니 사실 처음부터 대신전은—"

"시끄럽다. 패왕. 대체 당신이란 작자는……!"

"그만."

패왕과 실랑이를 벌이고 있는 루인을 물끄러미 바라보고

있는 카젠.

"더 들어 봤자 소란만 생기겠구나. 저분들에 대해서는 앞으로 천천히 알아 가면 될 터."

"가주님. 한 사람만은 다릅니다."

카젠이 단호하게 입을 연 유카인의 시선을 좇았다.

유카인이 눈매를 좁히며 바라보고 있는 인물은 테오나츠의 현자 다인 아조스였다.

"저자는 알칸인입니다. 저 역시 누구보다도 대공자님을 믿고 있지만 저자만큼은 묵과할 수 없습니다."

뒤늦게 성벽 위에 도착한 카젠과는 달리 유카인은 루인과 데인의 대화를 빠짐없이 들을 수 있었다.

"사실이냐?"

알칸 제국과 르마델 왕국 사이의 오랜 악연.

그 깊은 감정의 골은 카젠도 어쩔 수 없는 것이었다.

"사실입니다."

곧바로 대답하는 루인.

카젠은 실망하는 감정을 역력하게 드러냈다.

"너는 직접 저자의 눈과 혀를 뽑아야 할 것이다."

하이베른가로 가겠다는 각오를 한 순간부터 이미 이런 대접을 어느 정도 예상했던 현자 다인.

한데 자신을 보호해 주리라고 생각했던 루인이 의외의 반응을 해 오고 있었다.

"어쩔 수 없이 당신의 눈과 혀를 뽑아야겠군. 시야가 제약 받는 건 조금 불편하겠지만 언령(言靈)을 활용할 수 있는 현자이니만큼 잘 견딜 수 있을 거야."

"아니, 이보게?"

다인이 재미있다는 듯이 웃고 있는 루인을 황당하게 바라보고 있었다.

"너무 고깝게 생각하지 마. 아버지께서도 내가 데려온 사람이라서 꽤 자비를 베푸신 입장이거든. 원래였다면 즉참이야."

알칸 제국의 테오나츠 마탑은 르마델 왕국이 가장 경계하고 있는 집단.

그들의 무시무시한 집단 지성으로 탄생한 마장기가 아니었다면 애초에 주변 왕국이 핍박받을 일도 없었을 터였다.

"내가 르마델의 대공자 신분으로 알칸 제국의 심장부에 침입했다면 지금과 비슷한 취급을 당했을 텐데? 그러니까 너무 섭섭해하지 말라고. 원래 세상일이란 게 그런 거야."

"이건 말이 다르잖나!"

여전히 익살스럽게 웃고 있는 루인의 두 눈을 본 순간 그제야 다인은 자신이 시험받고 있음을 깨달았다.

이내 다인이 이를 깨물며 대답했다.

"이 몸은 테오나츠의 별이라 불리는 세이지 등위의 현자! 르마델의 첩보부가 파악하지 못한 정보를 꽤 많이 알고 있는 사람이오!"

그렇게 다인이 카젠을 향해 발악적으로 외치고 있을 때 루인의 묘한 웃음이 더욱 진해졌다.

"세이지 등위의 현자가 접근할 수 있는 정보는 어디까지지?"

"알칸 제국이 암암리에 제작하고 있는 신형 마장기의 설계도해다!"

"……신형 마장기?"

"아직 미완성이지만 기존의 여섯 배를 상회하는 출력이 기대되는 마장기다!"

루인의 얼굴이 금방 흥미로 물들었다.

안 그래도 주변 왕국에 비해 뛰어난 성능을 가진 알칸 제국의 마장기가 여섯 배의 출력을 가지게 된다?

그건 쟈이로벨의 개조 마장기조차 능가하는 수준.

하지만 그건 치명적인 단점을 안고 있었다.

"그만한 출력의 마장기를 운용할 수 있는 오너 매지션이 없을 텐데?"

마법사의 동조율에는 엄연히 한계가 있다.

알칸 제국이 스무 기가 넘는 마장기를 보유하고 있으면서도 상시로 운용하는 마장기가 고작 열 기 남짓인 이유.

그것은 바로 현자의 수가 그만큼 부족하기 때문이었다.

"지금 당신들의 마장기만 해도 현자 외에는 거의 다루기가 힘들 텐데? 그 여섯 배의 출력이라면 도대체 누가 다룬다는 거지?"

"그건……!"

차마 말을 하지 못하는 다인.

그것은 신형 마장기가 제작되고 있다는 정보보다 훨씬 중요한, 그야말로 알칸 제국 최대의 기밀이었다.

한데 그 최대의 기밀이 루인의 입을 통해 흘러나오고 있었다.

"설마 당신처럼 테오나츠 마탑의 현자들 모두—"

폭풍을 만난 것처럼 흔들리고 있는 다인의 동공.

"마왕과 계약을 한 이유가 그 때문인가?"

마법사가 자신의 마도(魔道)를 비약적으로 상승시킬 수 있는 가장 간단한 방법.

그것은 마계의 존재와 계약하여 오드로부터 무한한 진마력을 공급받는 일이었다.

다인이 충격을 받은 사람처럼 굳어져 있을 때 루인이 다시 눈으로 웃고 있었다.

"아버지. 눈과 혀를 뽑는 건 조금 곤란하겠는데요?"

루인을 향해 마주 웃고 있는 사자왕을 바라보며 비로소 다인은 깨달을 수 있었다.

저 포악한 부자가 이미 이 일을 사전에 계획하고 있었다는 것을.

◆ ◆ ◆

"아칸베릴 아머라면 적어도 제국 기사단의 부단장급 장교에게만 지급하던 무장이 아니냐?"

심각한 표정의 카젠.

루인이 현자 다인을 뚫어져라 응시하고 있었다.

"아칸베릴 아머를 전군에 보급하는 사업을 시작했다고? 그걸 지금 나보고 믿으라는 건가? 눈알 뽑히기 싫어서 나오는 대로 막 지르는 거 아니야?"

"무, 무슨 소리를 하는 것인가! 이래 봬도 이 몸은 테오나츠의 세이지 등위……!"

"그만. 그 멘트 이제 좀 식상해."

음흉하게 웃고 있는 하이베른가의 대공자.

그리고 무덤덤한 표정으로 서 있지만 눈은 웃고 있는 사자왕 카젠.

현자 다인은 지금도 정신이 멍했다.

두 부자의 입담에 휘말려 대체 얼마나 많은 기밀들을 토해냈는지 기억도 다 나지 않을 정도.

이 일이 알칸 제국이나 테오나츠 마탑에 알려진다면 이제 자신은 살아도 산 사람이 아니게 될 것이다.

죽는 그 날까지 제국의 어쌔씬들을 두려워하며, 그렇게 남은 인생을 극한의 공포 속에서 살아가야 할 운명.

상상만으로도 끔찍하다는 듯 다인은 두 눈을 질끈 감아 버렸다.

"아무리 알칸 황실이라도 그런 건 가능하지가 않아. 더욱이 아렐네우스 황제가 그런 짓을 벌일 성격도 아니고."

알칸은 분명 거대한 국가지만 전군에 아칸베릴 아머를 무장시키는 것은 제국의 재정만으로는 불가능한 일이었다.

분명 천년 황가의 재물까지 모조리 풀어도 가능할까 말까인데, 그 욕심 많은 황제가 권력의 원천인 황가의 재물까지 투입했다?

전생에서 아렐네우스라는 인간의 진면목을 뼈저리게 경험한 루인에게는 씨알도 먹히지 않는 헛소리였다.

"그, 그 일은 재정으로 완성할 대업이 아닐세!"

"그럼?"

"그건……!"

현자 다인이 불안한 표정으로 주변을 살피기 시작하자 루인의 입매가 또다시 기이하게 비틀렸다.

"이 판국에 뭘 더 망설이는 거지? 이미 당신의 입에서 흘러나온 정보만으로도 당신은 최악의 배신자야."

비로소 자신이 저 대공자 루인의 치밀한 함정에 빠졌다는 것을 깨닫게 된 다인.

이제 자신은 알칸 제국으로 완벽히 돌아갈 수 없는 몸이 되어 버렸다.

적국에게 알칸의 기밀을 털어놓은 건 그 어떤 대가로도 속 죄할 수 없는 반역.

이건 마탑의 함선을 무단으로 움직인 것과는 차원이 다른 문제였다.

"대체 내게 왜 이러는 것인가……?"

천연덕스럽게 대답하는 루인.

"당신은 너무 많은 걸 보고 들었어."

"이, 이미 그대와 나는 마도의식으로 모든 비밀을 지키기 로—!"

루인은 다인을 비웃었다.

"먼저 날 믿지 못한 건 당신인 것 같은데? 자신을 불신하는 친구에게 믿음으로 보답하는 멍청이는 없지. 그런 자에게 목 줄을 채워 안전을 담보하는 건 당연한 거고."

가득 입술을 깨무는 다인.

대공자 루인이 무엇을 말하고 있는지는 뻔했다.

신상의 시험 전까지 다소 그에게 정보를 제한했던 것.

그리고 그의 아공간 헬라게아를 믿지 않은 것.

하지만 억울했다.

마도의식에는 서로 비밀을 지키자는 맹세만이 전부였을 뿐, 각자의 정보를 공유하자는 내용은 없었던 것.

게다가 망망대해의 한복판에서 낯선 이를 경계하는 건 누 구에게나 당연한 생존의 본능이 아니던가?

"그래. 맞아. 억울할 수도 있겠지. 하지만 이해하라고. 당신이 어쩔 수 없었던 것처럼 나도 마찬가지일 뿐이야."

이 노회한 현자에게 없는 것이 있었다.

사람의 향기.

망망대해에서 처음 만난 건 란시스와 제디앙도 마찬가지다.

하지만 란시스는 망설임 없이 자신의 목숨을 걸었다.

함께 죽음을 각오하고 가변세계를 헤쳐 나간 건 동대륙의 전사들도 마찬가지.

더욱이 랑베르그가의 제디앙은 루인과의 약속을 지키기 위해 8년이라는 긴 시간 동안 무한해에서 선단을 물리지 않았다.

신의(信義)란 그런 것이다.

루인은 그런 사람 냄새를 좋아했다.

결국 다인은 고개를 푹 숙이고 말았다.

"테오나츠 마탑에서 탄생한 연금술이네…… 그 프로젝트에 가능성이 보이기 시작했을 때…… 제국의 모든 마도학자들이 힘을 합쳤지……."

"연금술?"

"실제로는 제련술에 가깝다더군…… 그 신비의 연금 비법까진 내게 묻지 말아 주게…… 마탑주께서도 모르는 극비 중의 극비라네……."

루인 역시 대마도사.

당연히 평범한 나무를 아칸베릴로 만든다는 건 우스갯소리처럼 들릴 뿐이었다.

그것은 연금술의 한계를 넘어서는, 그야말로 꿈의 영역 그 자체였다.

말 그대로 이름뿐인 연금술(鍊金術).

평범한 돌 따위로 금을 만드는 일이란 어떤 수단과 지혜를 동원하더라도 불가능하다는 것을 마도에 몸담고 있는 이라면 모를 수가 없었다.

지금 현자 다인은 그런 종류의 농담을 하고 있는 것이다.

하지만 그의 눈빛엔 억울함이 가득했다.

루인의 눈빛이 조금은 진지해졌다.

"정말 그런 연금술이 가능하다고? 당신의 두 눈으로 직접 확인한 건가?"

"그 연구를 검증하는 데만 17년이라는 세월이 걸렸다고 하네."

"17년……?"

새로운 이론의 마도 조합법을 검증하는 건 마법학회의 영역.

대륙의 모든 세이지 등위의 마도학자들이 모여 있는 마법학회가 아니라면 결코 단기간에 성과를 낼 수 없기 때문이었다.

아무리 최고의 기밀이라고 해도 그런 새로운 조합법을 자체적으로 검증하려 했다니 과연 알칸 제국다웠다.

한 국가의 마도학자들만으로 검증을 끝마칠 수 있었다는 건 더 신기할 지경이고.

"대체 원재료가 뭐지?"

"그건 나도 모르네. 다만 첨가 연마제로 소량의 마정석이 필요하다는 것만 알고 있네."

"마정석……?"

무슨 마정석으로 전설로만 전해 내려오는 엘릭서라도 창조해 냈다는 말인가?

정말 대단한 국가였다.

최초로 마장기를 제작하여 대륙을 제패한 것으로도 모자라, 이제는 아칸베릴 아머와 같은 엄청난 마도구를 전군의 범용 갑주로 지급하려 들다니…….

심각하게 듣고 있던 시론이 루인을 바라보며 침을 꿀꺽 삼켰다.

"그 아칸베릴 아머가 그렇게 대단한 거냐?"

"전군이 아칸베릴 아머로 무장하고 있다면 마장기로 펼치는 필드 마법에서 대부분 살아남을 수 있겠지. 같은 마장기를 운용하더라도 한쪽은 거의 타격이 없다는 소리다."

"뭐……?"

마장기의 대규모 필드 마법, 즉 초질량 역전 필드나 무한

전류 증가, 절대 구속 같은 술식들이 모두 무용지물이 된다는 뜻.

"마장기의 포격에도 꽤 생존률이 높아질 테고."

마장기를 상징하는 최강의 인마 살상용 포격, 마력광선휘광포에도 살아남을 수 있다고?

누구보다도 마력 포격의 위력을 잘 알고 있는 루인의 동료들은 도무지 그 말을 믿을 수가 없었다.

"미스릴 아머의 마법 방호력을 훨씬 상회한단 말인가요?"

다프네를 향해 고개를 끄덕이는 루인.

"뛰어나지. 미스릴 아머에 비해 물리적인 방호력은 다소 약하지만 마법 저항력은 훨씬 높다."

세베론이 의견을 보탰다.

"나도 본 적이 있어. 왕립미술관에 전시된 그림들…… 고대의 용살자들도 아칸베릴로 온몸을 도배하고 있었어."

드래곤 슬레이어.

전설적인 용살자들이 아칸베릴을 애용했다면 그 무시무시한 드래곤들에게도 효과가 있었다는 뜻.

익살스럽게 아들의 행동을 지켜보던 카젠은 어느새 웃음기를 싹 뺀 표정이었다.

"꽤 심각한 이야기구나."

저 현자의 증언이 모두 사실이라면 전쟁의 판도가 뒤집어질 만한 대사건.

더욱이 현자의 정보는 8년 전의 것이니 이미 알칸 제국은 모든 준비를 끝마쳤을 가능성도 있었다.

알칸 제국과의 모든 분쟁을 거둬야 했다.

이대로라면 틀림없는 필패.

소에느가 창백하게 변한 얼굴로 읊조리듯 말했다.

"우리가 시장에 푼 대량의 마정석들…… 어쩐지 알칸 제국에 가장 많이 흘러들어 갔어…… 어쩌면 우리 때문에 그 과업이 훨씬 앞당겨졌을지도 몰라. 불길해……."

그렇게 카젠과 소에느가 불안해하고 있을 때 루인의 사고는 전혀 다른 각도로 흘러가고 있었다.

'알칸 제국의 아칸베릴 아머는 완성되지 않았다.'

자신이 알고 있는 미래.

아칸베릴 아머는커녕 그 존재를 아는 이조차 등장한 적이 없었다.

인류 최후의 현자, 유클레아는 다름 아닌 테오나츠 마탑의 현자.

그럼에도 그의 입에서 한 번도 언급된 적이 없는 일이었다.

'악제……!'

제국의 전 병력을 무장시킬 수 있는 아칸베릴 아머.

그런 엄청난 인류의 자산이 남아 있었다면 전쟁의 판도가 근본부터 달라졌을 터.

이 일에 악제가 관련되어 있을 거라는 예감이 전신의 감각을 찌르르 울려 온다.

은밀한 악제의 방해를 막아야만 했다.

그것이 불가능하다면 알칸 제국의 연금 제조법이라도 반드시 알아내야 했다.

최고의 정보!

현자 다인을 압박한 건 신의 한 수나 다름없는 큰 수확이었다.

"이제는 말할 수 있을 텐데."

현자 다인의 치명적인 약점을 완벽하게 움켜쥐어 버린 루인.

지금 취조실에 있는 사람들 중 한 명이라도 입을 연다면 현자 다인의 목숨은 사실상 그날로 끝난 것이었다.

"더는 듣는 귀를 걱정하지 않아도 돼. 이제 말해 줘. 그동안 있었던 일."

Chapter. 81

다소 긴장한 자세로 앉아 있는 소에느.

무엇부터 말해야 할까.

막상 이야기를 꺼내려고 하니 쉽게 입이 떨어지지 않는다.

"일단 내가 가장 궁금한 사람. 시르하는 지금 어디에 있지?"

잊고 있던 악몽이 떠오른 듯, 소에느는 있는 대로 표정을 일그러뜨리며 관자놀이를 매만지고 있었다.

카젠의 표정도 별반 다르지 않았다. 친위 기사 유카인의 탄식, 데인의 신경질적인 반응이 연달아 루인의 귀를 파고들었다.

루인이 눈치를 보며 헛기침을 해 댔다.

"……잘 지내고 있군."

더는 물을 수 없었다.

그랬다간 왠지 아버지에게 한 달은 잔소리로 시달릴 것만 같은 예감이 들었기 때문.

"그럼 두 번째. 국왕은 바뀌었어?"

8년 전에도 데오란츠는 이미 국왕으로서의 명운이 다하고 있었다.

역사대로 대역 왕비 라슈티아나가 파티장에서 목을 매달았는지, 자신의 모든 계획과 안배를 뚫고 기어코 케튜스가 차기 왕좌에 올랐는지, 루인은 소에느의 입이 벌어지길 긴장하며 기다리고 있었다.

"그는 선왕(先王)이 된 지 오래다. 루인."

"그래. 네가 떠나가고 난 후 3개월 만에 그가 죽었어."

"그렇게 빨리?"

루인의 뇌리에 불길함이 엄습한다.

3개월은 아라혼에게 가혹하리만치 짧은 시간.

원로원을 포함한 왕실의 친족들을 모두 장악하고, 하이렌시아가에 붙어먹은 잔당들을 솎아 내기에 턱없이 모자랐다.

실권을 잡지 못한 상태에서의 국왕 즉위는 오히려 왕자의 신분을 유지하는 것보다 못한 법이었다.

"왕은? 차기 국왕은 누구지?"

"케튜스. 그가 르마델의 새로운 국왕이야."

6왕자 케튜스.

결국 국왕 놈이 죽기 전에 선위를 선포한 모양이다.

하지만 잠시 루인의 사고가 정지됐다.

자신이 떠난 지 고작 3개월 뒤에 케튜스가 왕위를 이었다면 자신이 알고 있는 역사와는 분명하게 달랐다.

"라슈티아나는! 그녀가 죽었나?"

소에느가 멍한 표정을 했다.

"그게 무슨 소리야? 당대의 왕실 위계상, 명목상으로는 그녀가 최고 어른이야."

8년 전 케튜스 왕자의 나이 10세.

"설마?"

"당연히 그녀가 섭정이야. 왕권을 그녀가 모두 거머쥐었지."

루인의 얼굴빛이 묘해진다.

이거, 생각보다 상황이 재밌게 돌아가고 있었다.

하이베른가에게도 8년은 긴 시간이었다.

르마델의 정세는 루인이 알고 있던 때와는 너무나 달랐다.

무슨 바람이 불었는지 대역 왕비 라슈티아나는 케튜스 왕을 앞세워 왕궁을 치밀하게 장악했고, 심지어 하이렌시아가를 중심으로 뭉쳐 있던 보수 권력들까지 모조리 축출해 버렸다.

더욱이 케튜스 왕이 성년이 되었음에도 아직 섭정직을 유지하고 있다는 것은 그녀의 권력이 그만큼 막강하다는 증거.

무엇보다 루인을 가장 당황스럽게 만든 건 소에느의 설명 어디에도 1왕자 아라혼의 이름이 들리지 않는다는 것이었다.

비록 선왕의 갑작스러운 죽음으로 계획이 틀어졌겠지만 왕국의 수호자 드베이안 공과 근위 기사단의 지지를 거머쥔 아라혼이었다.

그런 그가 아무런 일도 하지 않았다는 건 그의 성격과 맞지 않는 일.

그리고 가장 의문스러운 것은……

'아무리 라슈티아나가 섭정이 됐다고 해도 하이렌시아 일파를 그렇게 쉽게?'

르마델의 기득권은 성(城)처럼 공고했다.

하이렌시아가를 중심으로 강력하게 결집되어 있던 그들을 아무런 기반도 없는 라슈티아나가 축출했다?

심지어 라슈티아나가 대역 왕비라는 것을 모르는 왕족들조차도 그녀를 지지하진 않았다.

애초에 데오란츠 선왕이 알칸 제국의 공주와 혼인했던 것은 임시 휴전의 상징적인 징표, 혹은 전쟁 억지력을 위한 도구였을 뿐이었다.

알칸 제국에 의해 통제당할 가능성이 농후한 적국의 공주를 섭정으로 앉힌다는 것 자체가 말이 되지 않는 것이다.

소에느를 바라보고 있는 루인의 눈빛이 기묘하게 반짝였다.

"설마 이 작품…… 고모 짓이야?"

"응?"

"고모가 천억 리랑의 가치에 육박하는 마정석으로 고작 귀족들이나 꼬드기고 살았을 리는 없지."

특별한 지위나 재산도 없이 10년이라는 짧은 시간 동안 하이베른가의 8할을 먹어 치웠던 여자.

그런 소에느의 남다른 수완이 어느 날 갑자기 사라질 리는 없었다.

"고모의 긴 설명 중에 수호자 드베이안 공의 이름이 한 번도 언급되지 않았군. 실질적인 권력은 없지만 그는 근위 기사들의 마음을 거머쥐고 있는 자야."

대역 왕비가 아무리 섭정이라는 강력한 패를 거머쥐었다고 해도 왕실 기사단을 장악하지 못한 채로는 그 권력이 1년도 유지될 수가 없었다.

"그런 드베이안 공의 지지를 아라혼에게 이끈 건 다름 아닌 나야. 물론 고모는 그 아라혼의 이름도 한 번도 언급하지 않았고."

"……형님은 정말 대단하군요."

그것은 데인의 진심 어린 감탄이었다.

어렸을 때는 안목이 모자라 형을 제대로 이해하지 못했지만

237

대공자로 많은 경험을 쌓은 지금은 실질적인 부피로 루인의
역량을 체감하고 있었다.

섭정으로 옹립된 라슈티아나가 렌시아 일파를 축출하고
왕실의 권력을 장악했다는 소에느의 설명.

그 짧은 설명에도 루인은 그동안 일어났던 상황들의 핵심
을 절묘하게 짚어 내고 있는 것이다.

"형님의 말씀대로 아라혼 왕자님을 설득해서 라슈티아나
왕비를 섭정으로 옹립한 사람은 고모입니다. 근위 기사들도
마찬가지. 그들은 새로운 섭정 체제를 한마음으로 지지하고
있습니다."

피식 웃는 루인.

이제야 모두 이해가 됐다.

렌시아가에 빌붙어 먹고살던 권력자들을 무너뜨린 주체는
다름 아닌 고모와 아버지.

르마델의 기사들에게 신적인 존재나 다름없는 사자왕과
수호자가 라슈티아나 왕비를 지지했다면 이미 게임은 끝난
것이나 마찬가지였다.

루인이 다시 소에느를 물끄러미 쳐다봤다.

"케튜스 왕은 언제 폐위시킬 생각이지?"

순간적으로 소름이 돋아 버린 소에느.

그녀는 해부할 듯이 직시해 오는 대공자의 눈빛에 마치 온
몸이 벌거벗겨진 듯한 기분이 들었다.

실제로 소에느는 며칠 전 케튜스 왕의 폐위 시기에 대해 아라혼과 논의를 마친 상태였다.

"뭘 그리 놀란 얼굴이야? 수호자를 움직였다면 아라혼 녀석도 동의했다는 뜻인데. 녀석을 옹립할 생각이 아니었어?"

"다가오는 추수 감사절……."

곰곰이 생각해 보던 루인이 고개를 주억거렸다.

"시기가 나쁘진 않네. 빠르면 빠를수록 좋겠지. 왕이 아직 어리긴 하지만 머리가 점점 굵어지면 딴마음을 먹을 테니까. 한데 알칸 쪽은 어쩔 셈이지?"

"무얼 말이냐?"

루인을 향해 진득한 눈빛을 빛내고 있는 사람은 카젠.

"고모는 분명 세력이 약화된 렌시아 놈들을 감안했겠죠. 라슈티아나 왕비를 섭정으로 앉혀 남부의 국경을 안정시키겠다는 고모의 계획은 일단 좋았습니다. 하지만 결국 아라혼을 옹립할 거라면 그녀를 섭정에서 끌어내릴 때를 대비했어야 합니다. 어떤 방식으로든 알칸 놈들이 반발하거나 훼방을 놓을 게 분명하거든요. 아, 이미 어느 정도 외교적인 압박을 받고 있는 상태인가?"

어떤 일에도 쉽게 동요하지 않은 카젠이지만 지금만큼은 그도 크게 놀란 얼굴을 하고 있었다.

"알칸 놈들의 수작질을 해결할 방법이 있겠느냐?"

루인이 의미심장하게 웃었다.

"문제는 당대의 국왕인 케튜스의 속마음이겠지요. 그가 바보가 아니라면 분명 알칸 제국과 협력하려 들었을 겁니다. 좀 더 머리가 좋다면 이미 오래전부터 알칸 제국 측에 우호적인 지분을 쌓아 놓았겠지요. 과연 그는 어떻습니까?"

대답은 소에느에게서 흘러나왔다.

"다행히 우리 눈치를 보고 있어."

"우리를?"

데인이 뿌듯한 표정으로 웃었다.

"다 형님께서 남겨 두고 가신 마장기 덕분입니다. 르마델의 어떤 권력자도 우리 가문의 입김에서 자유로울 수 없는 상태입니다. 물론 고모가 그렇게 만들었고요."

루인 역시 웃고 있었다.

그는 의도적으로 가장 잘 보이는 사자성의 망루 근처에 마장기를 배치해 두고 떠났다.

소에느가 그런 마장기를 어떻게 활용할지를 충분히 예상했기 때문이었다.

"그래. 그 정도 상황이라면 나쁘지 않아."

여기까지는 충분히 루인이 예상할 수 있는 그림.

그러나 아무리 손과 발을 잃어버렸다고 해도 하이렌시아가는 결코 순순히 권력을 포기할 리가 없는 가문이었다.

루인은 자신조차도 예측할 수 없는 인물, 레페이온 가주의 행보에 대해 궁금해졌다.

"렌시아는 어떻게 됐지?"

아버지와 고모, 데인의 표정이 순간적으로 굳어진다.

특히 친위 기사 유카인은 얼굴에 참을 수 없는 분노를 잔뜩 드러내고 있었다.

"그들은 르마델을 떠났다."

"……예?"

르마델의 공작가가 르마델을 떠나다니?

순간 불길함이 엄습한 루인이 이를 깨물었다.

"설마…… 알칸은 아니겠지요?"

한숨을 내쉬는 소에느.

"그들은 닥소스가의 봉신가로 편입되었어."

나라를 배신하고 적국에 투신한 것으로도 모자라 닥소스 가의 봉신가라니?

루인의 얼굴도 참혹하게 일그러진다.

"왜…… 막지 못한 겁니까?"

자신을 향해 따지듯이 묻고 있는 루인.

굳은 표정으로 침묵하던 카젠이 무겁게 대답했다.

"너무 은밀했고 또 전격적이었다."

"아무리 그래도……."

"가주님의 잘못이 아닙니다. 놈들은 자신들을 돕던 까마귀 들까지 모두 잔인하게 처형하고 떠났습니다."

수족처럼 부리던 까마귀들까지 모두 처형하고 떠났다는

데인의 말에 루인은 할 말을 잃고 말았다.

정보가 새어 나가는 것을 방지하기 위해 수백 명에 달하는 수하의 입을 죽여서 막아 버린 것이다.

"제길!"

실로 엿 같아진 상황.

연간 세곡부터 세출 사정.

왕립 기사단의 주요 편제와 전력 규모.

게다가 각 가문들의 은밀한 비밀까지…….

르마델 왕국의 사정에 대해 속속들이 알고 있는 렌시아 놈들이 알칸 제국에 붙었다면 정보전은 끝난 것이나 다름없었다.

이제 자신이 알던 미래와는 완벽하게 달라진 것이다.

그때 문득 루인의 뇌리에서 하나의 생각이 번뜩 떠올랐다.

'아르디아나!'

렌시아가에는 성녀가 있다.

그녀는 분명 악의 발아(發芽)를 막기 위해 그곳에 있다고 했다.

악제의 청염을 명확하게 인식하고 있던 아르디아나.

그런 성녀를 만날 수만 있다면 오히려 상황이 나쁘지만은 않았다.

알칸 제국이 지닌 모든 권력의 원천은 닥소스가.

그녀는 지금 그런 닥소스가의 동태를 지근거리에서 살피고 있는 것이다.

더욱이 루인은 자신의 회귀를 알고 있는 듯한 그녀의 태도가 궁금해서라도 반드시 아르디아나를 다시 한번 만나 보고 싶었다.

그렇게 루인은 이후의 자신의 행보, 가장 첫 페이지에 성녀와의 만남을 그려 넣고 있었다.

"일단 아라혼의 즉위는 조금 미뤄. 지금 돈을 얼마나 동원할 수 있지?"

"당장 가용 가능한 자금? 아니면 전시?"

"전시 상황."

"그건……."

가문의 재정에 대해 속속들이 파악하고 있는 소에느였지만 전시와 같은 비상 상황에서 모든 역량을 끌어올린 가문의 힘이란 감히 상상도 되지 않았다.

그만큼 그동안 하이베른가가 축적한 부는 막대했다.

"됐어. 머릿속에 쉽게 숫자가 떠오르지 않는 걸 보니 고모도 참 어지간하군."

"갑자기 돈 이야기는 왜 하는 것이냐?"

카젠을 바라보며 씨익 웃는 루인.

검과 기사도밖에 모르는 이 바보 같은 아버지는 돈이 얼마나 무서운 위력을 발휘하는지를 아직도 헤아리지 못하고 계셨다.

"지금부터 수단과 방법을 가리지 말고 주변 왕국들의 모든 곡물을 사들여야 합니다."

"곡물?"

곧 있으면 추수다.

지금은 대부분의 국가가 풍족한 시기.

곡물의 매입이 목적이라면 확실히 지금이 적기라 할 수 있었다.

하지만 카젠은 이해가 되지 않았다.

"올해는 우리 르마델도 풍작이다. 썩기 전에 잉여 곡물을 우리도 수출해야 할 판국인데 그 많은 곡물을 사들인다면 대체 보관은 어떻게 한단 말이냐?"

흉작일 때는 그 무엇보다 소중한 곡물이지만 풍작일 때는 애물단지가 되어 버리는 것도 곡물이었다.

왕실의 세곡고를 모두 채운 후, 각 가문에 비축 할당량을 강제로 분배한다고 해도 국가가 보관하는 곡물의 양에는 분명한 한계가 있었다.

그렇다고 노지에 야적하여 임시로 보관한다면 수개월 내로 모조리 썩어 버릴 터.

루인도 대부분의 국가들이 풍작의 풍요로움을 만끽하고 있다는 것을 잘 알고 있었다.

거대한 산맥 위에서 바라본 대부분의 평야들은 넉넉한 황금빛으로 물들어 있었으니까.

"상관없습니다. 곡물 보관 문제는 제가 알아서 해결할 테니까 진행해 주십시오."

"이유가 무엇이냐?"

"전쟁입니다."

"뭐……?"

태연하게 말하는 루인을 멍하게 바라보고 있는 카젠.

"그게 무슨 소리냐? 갑자기 전쟁이라니?"

각국의 속내야 어떻든 현재의 베나스 대륙은 유래를 찾아볼 수 없는 평화의 시기였다.

국가들 간의 갈등은 대부분 봉합되거나 유예된 상태였고, 각 연합국 간의 힘의 균형 역시 절묘하게 평형을 이루고 있었다.

특히 르마델 왕국이 속해 있는 북부 왕국들은 모든 갈등을 접고 연합하여 알칸 제국과 힘의 균형을 이루고 있었다.

물론 그 일에는 르마델 왕국의 급격한 국력 신장이 커다란 영향을 끼쳤다.

자신들의 공주가 섭정이 되었으니 알칸 제국으로서는 르마델을 정벌할 명분이 사라진 상태.

그렇게 팽창하는 르마델을 견제할 수 있는 수단이 사라져 버렸으니 북부 왕국들은 차라리 제국의 영향에서 벗어나 르마델과 동맹을 택해 버린 것이었다.

"곧 전쟁이 일어날 겁니다."

"뭐라……?"

이 시기의 평화는 악제가 모두 의도한 것.

루인은 결코 악제가 만든 무대 위에서 놀아나고 싶지 않았다.

급격하게 흔들리고 있는 소에느의 동공이 이내 루인을 향했다.

"마, 말이 안 돼! 대체 누가 우릴 친다는 거야?"

알칸 제국이 자신들의 공주가 섭정으로 있는 르마델을 칠리가 없다.

더욱이 제국의 비호를 받지 못하는 상황에 놓인 북부의 왕국들이 급격하게 성장한 르마델과 적대하는 것 또한 자살행위.

아무리 생각을 거듭해 봐도 소에느의 머릿속에는 전쟁이 일어날 그 어떤 상황도 그려지지 않았다.

루인이 모두의 시선을 담담히 받아 내며 익살스럽게 웃어 댔다.

"내가 일으킬 건데."

하이베른가 가족들의 대화를 가장 흥미롭게 듣고 있는 사람은 패왕 바스더.

이곳에 모인 자들은 르마델 공작가의 경영자들, 그것도 최상위 혈족들이었다.

역시 자신이 예상했던 것처럼, 저 루인이라는 놈은 아이

다루듯이 그런 자들을 상대하고 있었다.

녀석은 종(種) 자체가 다르다.

저놈은 논리와 임기응변만으로 가변세계의 초월자들까지 가지고 놀던 녀석이다.

그런 놈을 상대한다는 건 평범한 인간들에게 있어서 일종의 재앙에 가까운 일.

그렇게 바스더는 인간들 틈에 서 있는 재해(災害)를 향해 퉁명한 목소리로 물었다.

"전쟁으로 뭘 얻으려는 거냐?"

피를 부르는 전쟁.

그러므로 전쟁이란 마지막에 마지막까지 고민하고 결정하는 가장 극단의 선택이었다.

그런 전쟁에 명분이니 신념이니 하는 것들은 모두 병사들의 마음을 결집시키기 위한 도구에 불과한 법.

전쟁의 잔인한 실상은 오직 이익이었다

그것이 영토가 됐든 유민이 됐든, 결국은 국력의 확장을 담보할 수 있는 근본적인 목표가 설정되지 않는다면 시작조차할 수 없는 것이 국가의 전쟁인 것이다.

그러나 루인은 전쟁으로 얻을 수 있는 이익을 말하지 않고 있었다.

그렇게 자신에게 모두의 시선이 모였을 때쯤 루인이 희미하게 웃으며 입을 열었다.

"전쟁으로 얻을 이익 같은 건 없다. 우린 아무것도 빼앗지 않을 테니까."

바스더가 그럴 줄 알았다는 듯이 입매를 비틀었다.

이익이 목적이었다면 저 녀석은 전쟁 이외의 다른 방법을 택했을 터.

굳이 피를 부르는 전쟁을 선택하지 않고도 주변 왕국들을 구워삶을 만한 수많은 계략들이 놈의 머릿속에 있을 것이다.

"네 이놈!"

벌떡 일어나 루인을 노려보고 있는 카젠.

그에게 있어서 전쟁이란 기사들의 고결한 희생을 결심하거나 백성들이 흘린 땀의 대가를 받드는 일.

아무리 루인이라지만 그런 전쟁을 함부로 말하는 모습에 머리끝까지 화가 치민 것이다.

병사들을 희생시키는 전쟁에 아무런 명분도 목표도 없다니!

"못 본 사이에 무슨 일이라도 있었던 게냐! 이 카젠에게 군왕학을 남겨 영주로서의 소명을 다시금 일깨워 준 건 다름 아닌 네 녀석이다! 그런 놈이—"

"오라버니! 잠시만요!"

카젠을 막아선 소에느가 결연한 눈빛으로 루인을 쳐다본다.

그녀는 알고 있었다.

저 루인이 얼마나 무서운 아이인지.

그의 치밀한 심계를 온몸으로 경험하며 패배했던 소에느.

루인은 아무런 이유도 없이 결코 전쟁을 결심할 사람이 아니었다.

"말해 봐. 전쟁의 이유."

전쟁이란 하이베른가로서도 명운을 거는 일.

명확한 이유가 없다면 그녀는 루인의 생각에 결코 동조할 생각이 없었다.

"씨앗을 뿌렸으니 수확을 해야지."

"수확……?"

루인의 의미 모를 웃음이 점점 진해지고 있었다.

그의 말을 곰곰이 곱씹고 있던 소에느가 별안간 두 눈을 크게 떴다.

"대공자? 설마……?"

"그래."

마정석(魔精石).

루인은 역사에 유례를 찾아보기 힘든 양의 마정석을 시장에 뿌렸다.

그 엄청난 양의 마정석들은 8년이라는 긴 시간 동안 수많은 길드를 통해 각국으로 퍼져 나갔을 터.

"지금 시장에 마정석이 얼마지?"

루인의 질문에 데인이 대답했다.

"1온스에 15리랑 정도입니다. 형님."

루인은 흡족한 얼굴로 웃고 있었다.

그야말로 대폭락!

불과 15리랑이라면 평범한 영지민들도 얼마든지 구할 수 있는 수준이었다.

베나스 대륙에 존재하는 모든 학파와 마탑들이 배가 터지게 매입하고도 남아돌아 일반 시장에까지 풀려 버린 것.

"하, 하지만 폭락한 마정석을 다시 거둬들일 방법은 많잖아? 굳이 전쟁을 왜 하겠다는 거야?"

뭔가 크게 오해를 하고 있는 소에느.

그녀는 비싸게 팔아넘긴 마정석을 다시 헐값에 매입해 크게 이득을 보겠다는 줄로 착각하고 있었다.

"그런 수확이 아니야."

"그럼?"

〈마법 문명의 발전을 앞당기시겠다는 건가요?〉

핵심을 짚어 오는 루이즈의 날카로운 질문에 루인이 신중하게 고개를 끄덕였다.

"아칸베릴 아머와 같은 비장의 아티펙트가 알칸 제국에만 있다고 생각하진 않아. 각국의 마도학자들이 확보한 마정석으로 만들 거라곤 뻔해."

〈그럼 이번 전쟁은…….〉

"개화(開花)다. 화려한 잎을 숨기고 있는 꽃들을 우리가 피워 낼 거야. 나는 그런 꽃을 피우는 데 완벽한 재료가 될 생각이지."

바스더가 비틀린 입매로 웃었다.

"너는 세상의 공포가 될 생각이로군."

"……공포라뇨?"

어리둥절한 표정으로 서 있는 소에느를 향해 바스더가 한심하다는 듯이 혀를 차고 있었다.

"쯧쯧, 바보 같은. 저 녀석은 지금 테아마라스 놈이 활동을 시작하기 전에 먼저 선수를 치려는 거다. 스스로 세상의 압도적인 공포가 되어 각국이 숨기고 있는 역량을 확인하고 키워 내려는 게다."

"그, 그게 무슨……?"

테아마라스?

절대적인 공포?

각국의 숨겨진 역량?

바스더가 비현실적인 단어들만 줄줄이 읊어 대자 소에느는 그야말로 사고가 마비될 지경에 이르러 있었다.

혼란스러워하는 그녀를 바라보며 루인은 아버지가 누구에게도 자신의 회귀에 대해 말하지 않았다는 것을 알아차릴 수 있었다.

역시 멍한 표정으로 서 있는 데인.

형이 일으키려는 전쟁에 그런 어마어마한 대의가 숨어 있는지를 상상도 해 보지 못한 것이다.

"하, 하지만 형님. 그런 일을 벌인다면 형님과 저희 가문은 모든 왕국의 표적이 될 수밖에 없습니다. 아무리 우리라도 그 많은 적들을 어떻게 막을 수—"

"우리 하이베른가는 모든 병력을 남부에 결집한다. 남부만 공고하게 틀어막으면 르마델은 안전해."

"예?"

"불사조의 성을 비롯한 왕국의 모든 방벽에 마장기 24기를 배치할 것이다. 또한 장기간의 수성에 필요한 모든 물자와 병기, 마도 지원을 확보할 것이다."

"르, 르마델의 전 병력을 수성에 투입하겠다는 겁니까?"

전쟁을 결심한 측이 모든 병력을 수성에 밀어 넣는다?

하지만 소에느는 루인이 언급한 '마장기 24기'에 더욱 놀라고 있었다.

"마장기가 24기라니…… 지금 내가 제대로 들은 거야?"

알칸이 제국이라 불리는 것은 엄청난 국력도 국력이지만 20여 기에 육박하는 마장기 전력이 가장 큰 이유였다.

지금 루인은 그런 알칸 제국과 대등한 마장기 전력을 언급하고 있는 것이다.

그때 장난기 섞인 시론의 목소리가 들려왔다.

"대륙의 모든 왕국들과 전쟁을 벌이겠다면서 그 와중에 전력을 아끼는 거냐?"

헬라게아 내부에서 대륙을 몇 번이고 절멸시킬 수 있는 지옥을 직접 확인했던 시론.

시커먼 암흑의 세계에서 찬란하게 빛나고 있던 강마력 엔진의 수를 그는 정확하게 기억하고 있었다.

"허튼소리. 그게 르마델이 다룰 수 있는 마장기의 한계일 뿐이다."

다프네가 전달해 준 왕국 마법사들의 면면이 정확한 정보라면 오너 매지션으로 낙점할 수 있는 마법사는 고작 24명이 한계였다.

르마델이 보유한 현자급 마법사는 고작 둘.

그 밖에도 현자의 경지에 근접하고 있는 마탑의 고층 마법사, 소수의 교수, 그리고 일부 마도학자 등이 있었다.

물론 마장기의 강마력 엔진을 다운그레이드한다면 그 수야 늘어날 수 있을 것이다.

하지만 그래서는 각국의 온전한 마장기를 상대로 일전을 벌일 수가 없을 터.

"하지만 루인의 마장기를 제대로 운용할 수 있는 마법사는 현자님들 정도가 끝이잖아?"

세베론의 질문에 대답하는 다프네.

"수성에 한정한다면 괜찮을지도 몰라. 세이지 등위를 앞둔

선배님들이나 마법학부의 뛰어난 교수분들이라면 잠시 구동하는 정도는 충분히 감당할 수 있을 테니까."

문득 루인이 취조실의 창틀 너머 남쪽을 응시한다.

새카만 어둠뿐이었지만 그의 시선은 흔들림 없이 고정되어 있었다.

"만약 늙은이들이 도와준다면 얘기는 조금 달라지겠지."

옴니션스 세이지(Omniscience Sage).

소드 힐의 세력에 비할 바는 아니지만 그래도 왕국의 은퇴한 마법사들까지 끌어들일 수 있다면 헬라게아 속의 모든 마장기를 꺼내도 될 것이다.

"도대체 수성만으로 어떻게 전쟁을 일으키겠다는 것이냐?"

루인을 진득이 바라보고 있는 카젠.

전쟁을 결심한 당사국이 모든 병력을 수성에 배치한다?

그런 예는 인류의 역사에 존재하지 않는다.

더욱이 루인이 구사하려는 공포.

수성이 아무리 공고하다고 해도 그것만으로는 결코 적들의 심장을 서늘하게 만들 수 없었다.

"크핫핫핫핫핫!"

허리까지 재껴 가며 호탕하게 웃고 있는 바스더.

"사흘 녀석의 후손이라길래 제법 기대를 했건만 이거 실망이군. 대단한 명성에 비해 안목은 형편없는 수준이 아니냐? 크하하하하!"

명예를 크게 모욕당한 카젠이 두 눈에 불같은 분노를 이글 거리고 있을 때 다시 익살 담긴 바스더의 목소리가 들려왔다.

"어떻게 아비가 아들의 온전한 실력도 몰라본단 말이냐? 네놈은 정말 느껴지지 않는 것이냐? 저놈의 근원이?"

"닥치시오!"

자신의 소중한 아들, 대공자 루인이 약하건 강하건 그것은 중요한 게 아니었다.

아비에게 무엇보다 중요한 것은 아들의 안전, 세상의 무엇 으로도 바꿀 수 없는 루인의 목숨이었다.

카젠이 붉어진 눈시울로 루인을 응시했다.

"나는…… 허락하지 않겠다. 이 사자왕은 그 어떤 전장에 서도 부하에게 그런 희생을 명령한 적이 없으니……."

사실은 카젠도 알고 있었다.

르마델의 모든 병력을 수성으로 밀어 넣고서 루인이 무엇 을 하려는지를.

"……."

그런 아버지를 담담하게 바라보며 웃고 있는 루인.

아직 아버지는 자신의 진면목을 모르고 있었다.

늘 철탑 같았던 아버지가 저렇게 감정적으로 자신을 걱정 하는 모습이라니.

그런 아버지를 바라보고 있자 가슴이 저릿해진다.

"아버지, 저는 죽지 않습니다."

"루인……."

대공자 루인이 강한 건 누구보다도 카젠이 가장 잘 알고 있다.

그러나 왕국의 모든 기사들을 홀로 상대하겠다는 것이 말이나 될 법한 일인가?

더구나 적지에서의 단독 작전.

그것은 위험한 정도가 아니라 아예 목숨을 내놓고 도박을 벌이는 셈이었다.

후 하고 한숨을 내쉬는 루인.

하는 수 없었다.

아버지를 이해시키려면 조금은 자신의 진면목을 드러내야 했다.

그렇게 루인은 자신이 이룩한 흑암(黑暗), 그 잿빛의 권능을 서서히 떨치기 시작했다.

"……!"

소음도 진동도 없었다.

잿빛은 그저 켜켜이 쌓이고 쌓이며 모든 방위로 확장해 간다.

마치 노을을 집어삼킨 해 질 녘의 그림자처럼, 초월자의 잿빛은 사자성을 넘어 북부 공작령의 전체로 뻗어 가고 있었다.

카젠은 느낄 수 있었다.

그 힘이 얼마나 거대하고 가공한지를.

그것은 짐작조차 할 수 없는 드높은 경지이자 아득한 너머에 존재하는 미지(未知)였다.

유카인이 온몸을 벌벌 떨고 있었다.

데인을 상대할 때만 해도 같은 인간이라 여겼다.

하지만 진면목을 한껏 드러낸 루인은 완전히 다른 존재로 변해 있었다.

이런 게 인간의 힘일 리 없었다.

"잘 듣거라 사흘의 후손."

멍하게 패왕 바스더를 바라보고 있는 카젠.

"이 대륙에 초인이 천 명이든 만 명이든 감히 초월자를 죽일 수는 없다. 기사단? 마도 병기? 그런 것들 따위가 감히 초월자에게 무슨 의미가 될 수 있단 말이냐."

초월자를 막아 온 건 대신전.

그 어떤 인간의 수단도 통용되지 않는다.

스스스스스—

순간 거짓말처럼 모든 잿빛이 사라졌다.

어둠 속에 열상처럼 남아 있는 희미한 권능의 흔적.

흔들리는 카젠의 시선이 이내 루인을 향할 때쯤.

"아버지."

"……."

씨익 하고 웃는 루인.

"전 이미 알칸 제국의 모든 병력을 하루 만에 전멸시킬 수 있는 존재입니다."

흑암의 공포.

대마도사 루인.

그의 희미한 미소가 악제를 향해 웃고 있었다.

지하 취조실에서 나온 루인은 과거 자신이 살던 별장을 찾
았다.

검성의 육체에 빙의한 악제를 막기 위해 폐허가 됐던 대공
자의 유폐지.

다행히 지금은 호수와 별장, 수차 그리고 정원까지 말끔하
게 복원되어 있었다.

루인이 이곳을 찾은 이유는 하이베른가에서 가장 인적이
드문 곳이었기 때문.

루인은 자신의 복귀를 거창하게 가문에 알릴 생각도 없었
고, 무엇보다 제멋대로 굴 게 뻔한 패왕 바스더를 최대한 사
자성의 기사들과 떨어뜨려 놓을 필요가 있었다.

자신이 초월자니 그 옛날의 패왕 바스더니 떠들어 댔다간
험한 꼴만 당할 터.

"당신들은 여기서 생활해. 월켄, 당분간 곁에서 이들을 지
켜 줘."

"그러지."

좋은 말로 포장하고 있지만 일종의 감시를 해 달라는 의미.

하지만 자신의 후예와 함께 있게 된 바스더는 반가운 얼굴로 웃고 있었다.

"호오, 마침 잘됐군. 그렇지 않아도 가벤더 녀석들이 남긴 심득을 확인하고 싶은 참이었다."

그러든가 말든가 루인은 제란을 불러 세웠다. 그는 반쯤 감은 눈으로 호수를 바라보고 있었다.

"제란."

"말하라."

"당신의 불사. 정말 내게 전수해 줄 생각이 눈곱만큼도 없어?"

루인은 제란의 권능인 불사(不死)가 무척 탐이 났다.

인간의 마음을 초월한 의지.

부서질 수 없는 강력한 영혼.

그런 제란의 고결한 투지와 불굴에서 루인은 일종의 동질감을 느끼고 있었다.

그의 불사는 자신이 이룩한 흑암과 꽤 닮은 점이 많은 것이다.

"네 영혼은 마법사. 물론 초월자의 권능에 경계와 한계는 없다. 하지만 한 인간이 살아온 관성을 무시할 수 없다."

"내가 당신의 불사를 배우는 것이 불가능하다는 판단인 건가?"

유심히 루인을 바라보는 제란.

금방 그의 두 눈에 모호한 감정이 서렸다.

"모르겠군."

분명 끝 모를 영혼의 심연, 한 인간을 구성하는 모든 자아의 기저(基底)까지 마법사의 관성이 스며든 자였다.

그러나 한편으로는 그렇게 단순하게 해석할 수 없는 인간이기도 했다.

지금까지 루인이 보여 준 행보가 그만큼 혼란스럽고 파격적이었다.

철저하게 계획적인 마법사의 치밀함이 분명 그의 근원이었다.

하나 그는 장사치처럼 교활하다가도 기사와 같은 불굴의 신념을 드러내기도 했고, 드높은 열정과 신의로 동료들의 마음을 훔치고 있는 영웅의 모습 또한 가지고 있었다.

한마디로 정의를 내릴 수 없는 자였다.

"판단을 유보하겠다."

무겁게 고개를 끄덕이는 루인.

루인은 더는 미련을 가지지 않았다.

어차피 결정은 그가 하는 것.

또한 판단을 유보하겠다는 그의 대답은 적어도 거절보다

는 희망적이었다.

할 일을 마친 루인이 호숫가 근처에서 자신을 기다리고 있는 동료들에게 다가갔다.

"이제 다들 가문으로 돌아가."

이내 얼굴에 복잡한 감정을 가득 드러내고 있는 시론.

"왜 그런 얼굴이지?"

시론이 기다랗게 한숨을 내쉬었다.

"막막하다. 진짜 너무 막막해. 도대체 지난 8년을 아버지께 어떻게 설명드려야 하지?"

"뭐? 설마 너?"

듣고 있던 세베론이 고개를 푹 숙였다.

"나도 시론과 마찬가지야. 사실 우리는 허락을 받지 못했어."

말도 없이 기숙사를 박찼다.

무단으로 가출한 후 무려 8년이나 지난 것이다.

사실 시론과 세베론은 생도 생활을 접겠다는 다짐을 부모님에게 전하지도 못했다.

왕립 아카데미의 졸업은 왕국의 관료가 되기 위한 첫 관문이자 르마델의 귀족으로서 떳떳할 수 있는 일종의 자격과 같은 것.

그만큼 아카데미에 입학하는 건 르마델의 소년들에게 있어서 꿈에 그리는 소원이었다.

졸업만 하면 평생의 안락이 보장되는 길을 포기하겠다는,

그런 바보 같은 짓을 허락할 부모는 이 세상에 없을 터.

루인이 미간을 찌푸리며 손을 휘휘 저었다.

"그런 일까지 나에게 기대려는 건 아니겠지? 알아서들 해. 내가 너희들의 보모도 아니고."

"무, 무책임하잖아!"

"다 누구 때문인데!"

"그래서? 안 돌아갈 거냐?"

다시 울상이 되어 버린 시론.

지독하게 엄격한 아버지가 있는 가문이지만 그래도 가문의 모든 것이 그리웠다.

가변세계에서의 모험으로 엄청나게 성장한 자신을 아버지께 보여 드리고 싶었다.

"다들 다녀와. 기다리고 있을 테니까."

그때쯤 차가운 리리아의 목소리가 들려왔다.

"난 남겠다."

스스로 버려진 존재라고 여기며 살아가는 리리아.

실제로 그녀의 가문 어브렐가는 리리아의 존재를 크게 신경 쓰지 않았다.

"가문에 보기 싫은 사람만 있는 건 아닐 텐데."

"……."

"한 명쯤은 널 기다리고 있을 거다. 분명히."

루인이 제작해 준 포션, 단혼의 시약으로 인해 살아남은 언니.

가늘게 어깨를 떨던 리리아는 결국 고개를 떨구고 말았다.

"……다녀오겠다."

어색한 분위기에 별안간 다프네가 손뼉을 쳤다.

짝!

"호호! 저도 마탑에 돌아갈 생각을 하니 걱정이 이만저만이 아니네요! 우리 모두 당분간은 엉망이겠죠?"

루인은 음울한 루이즈의 눈동자를 바라보고 있었다.

가족 이야기가 나올 때면 언제나 의기소침해지는 루이즈.

루인 역시 적요하는 마법사 루이즈가 고아라는 사실을 잘 알고 있었다.

〈전…….〉

"네 집은 여기다. 루이즈."

이 하이베른가에는 검성과 시르하가 있다. 그리고 무엇보다 대마도사가 함께한다.

적요하는 마법사에게 있어 이 성은 어떤 곳보다도 안락한 집이었다.

〈고마워요.〉

눈물을 글썽이며 활짝 웃고 있는 루이즈의 어깨를 두드려
주던 루인.

곧 그의 두 눈에 매서운 빛이 번뜩였다.

"데인."

"예, 형님!"

이미 저만치 멀어져 간 루인에게서 차가운 목소리가 흘러
나왔다.

"네 집무실로 갈 것이다."

데인은 왠지 소름이 돋아 그대로 얼어붙고 말았다.

Chapter. 82

대공자의 집무실 책상 위에 산더미처럼 쌓여 있는 서류들.

루인은 데인이 대공자로서 수결했던 지난 8년간의 모든 결재 기록을 빠짐없이 살피고 있었다.

사실 루인에게 별다른 뜻은 없었다.

가문의 결재 기록을 살펴보는 것이 지난 시간 가문에서 일어난 일들을 확인하는 가장 효율적인 방법이었기 때문.

그렇다고 사자왕이나 고모의 집무실을 헤집을 수는 없는 일이어서 데인의 집무실을 방문한 것뿐이었다.

하지만 데인의 입장도 과연 그럴까?

그는 연신 마른침을 꿀꺽 삼키고 있었다.

267

무심한 눈빛으로 결재 서류를 확인하던 형님이 조금이라도 표정을 찡그릴 때면 가슴이 철렁거린다.

페이지를 넘기지 못하고 한참을 바라보고 있을 땐 마치 몸이라도 해부당하는 기분.

손끝에 펜촉을 누르며 깊이를 가늠하는 건 단지 루인의 버릇일 뿐이었다.

하지만 데인은 마치 제 살이 꿰뚫린 것처럼 꿈틀거리고 있었다.

그야말로 모든 감각의 말초가 그의 몸짓 하나하나에 반응하는 기분.

흐음— 하고 숨소리를 내자 움찔거리며 반응하는 데인을 그제야 루인이 발견했다.

"왜 그러는 것이냐?"

데인은 가슴이 떨려 죽을 맛이었다.

검을 잡고 아버지와 맞설 때보다 더한 긴장감이 온몸을 휘감고 있었다.

"제, 제가 무슨 잘못한 거라도…….."

그제야 동생의 입장을 헤아린 루인이 흐뭇하게 웃어 주었다.

"네가 무슨 잘못을 했단 말이냐. 훌륭하다. 정말 훌륭하게 자라 주었구나."

"예……?"

루인은 동생이 얼마나 자신의 혼적을 쫓으며 살아왔는지를 절절하게 느끼고 있었다.

그의 모든 결정에서 단호하지만 넉넉한 마음이 느껴진다.

그는 치우침 없이 공정했고, 사리에 밝았으며, 매사에 후일을 생각했다.

때론 아버지와 고모의 결정에 강력하게 반대할 줄도 알았으며, 항상 가장 낮은 자들의 입장을 대변하면서도 사자의 권위를 잊지 않았다.

무엇보다 놀라운 것은 그가 베른가의 중심 혈족보다 방계를 더 가까이 중용했다는 것.

하이베른가의 골칫덩이라 할 수 있는 방계와의 갈등을 그는 넉넉한 포용력으로 통제해 내고 있었다.

사자왕의 단죄, 지금은 '피의 베른헤네움'으로 불리는 그때의 사건은 여러 봉신가와 방계의 아이들에게 커다란 슬픔이었다.

한창 기사의 부푼 꿈을 꾸고 살아가던 소년들에게 부모의 불충과 배덕이란 충격 그 자체.

루인은 그런 그들의 마음을 하나로 묶는 것이 무엇보다 중요하다고 데인에게 몇 번이나 강조했었다.

그들의 온전한 충성심을 다시 얻는 것.

그것은 하이베른가의 미래가 달린 일이었다.

보이는 충성은 매로 다스릴 수 있었다.

하지만 하이베른가를 진심으로 믿고 따르는 기사들의 마음은 힘의 통제만으로는 불가능했다.

-저는 개 주인이 아닙니다.

데인은 자신의 다짐을 세월로 증명했다.

오만하고 치기 어린 날의 데인은 이제 완벽하게 사라진 것이다.

"데인."

한쪽 무릎을 꿇으며 자신을 향해 공손하게 머리를 숙이고 있는 동생.

루인은 그런 데인의 모습이 마치 지난날의 자신을 보는 것만 같았다.

녀석이 자신을 얼마나 그리워했을지, 얼마나 자신을 닮으려고 노력했는지를 보지 않아도 알 수 있었다.

루인이 의자를 물리며 그에게 다가갔다.

데인의 어깨를 감싸며 눈물을 글썽이고 있는 루인.

"형님……?"

그는 결코 모를 것이다.

지금 인류의 대마도사가 얼마나 감격하고 있는지를.

그의 기억 속의 동생은 베른가의 폐인이었다.

검성의 그늘에 짓눌려 평생 동안 스스로를 할퀴며 살아가던 검술왕.

그렇게 절망 속에서 버티던 검술왕의 최후는 너무나 보잘것
없었다.

최후의 병력을 이끌고 인류 연합의 숙영지에 나타난 검술왕.

그의 핏발 선 눈빛을 지금도 루인은 잊을 수가 없었다.

그를 단죄했던 이는 다름 아닌 자신.

"이렇게 올바르게 자라 주어 정말 고맙구나."

녀석의 강인하고 깨끗한 두 눈.

그런 데인을 보고 있자니 이제야 비로소 자신에게 목숨을
내어 준 아버지께 조금은 당당해졌다.

"마치 다시 떠나실 것처럼 그런 말씀 마십시오. 저는 아직
형님에게 배울 것이 많은 사람입니다."

"하하!"

루인이 기분 좋게 동생을 와락 끌어안았다.

지금의 기쁨을 말로 표현할 수조차 없었다.

데인을 천천히 품에서 떼어 내며 루인이 물었다.

"고모와는 왜 그리 많이 싸웠느냐?"

데인의 결재 서류에는 소에느와의 갈등을 짐작할 수 있는
많은 흔적들이 있었다.

그녀와의 의견 충돌이 역력한 순간에는 녀석의 필체가 제
법 흔들렸다.

혈족과의 갈등은 검을 다루는 기사에게 있어 그다지 도움이

되지 않았다.

"고모는 지나치게 이익만을 좇습니다. 그때그때의 이득에 매몰되어 거시적인 미래를 설계하지 못합니다."

고개를 끄덕이는 루인.

"반면 그녀에겐 사람을 끌어들이는 힘이 있지."

"예?"

"단기간의 성과에 집착하는 건 그녀의 성향이다. 하지만 그런 성과는 사람들의 마음을 묶는 데 큰 효과를 발휘하지. 이익을 금방 나눌 수 있기 때문이다."

순간 데인은 깨달았다.

남다른 수완으로 하이베른가의 거대한 창고를 거머쥔 고모조차 형님이 부리는 작은 말에 불과하다는 것을.

문득 데인은 형님에게 자신은 무엇일까 궁금해졌다.

그런 동생의 의심을 읽기라도 한 걸까?

루인이 푸근하게 웃으며 데인의 머리칼을 흩트렸다.

"내 다른 동생들이 보고 싶구나."

당찬 말괄량이 데아슈.

작고 귀여운 위폰.

"아, 위폰은 지금 가문에 없습니다."

"어디에 간 것이냐?"

"작년에 아카데미에 입학했습니다."

"……아카데미?"

전통적으로 하이베른가의 혈족들은 왕립 아카데미에 관심을 두지 않았다.

굳이 아카데미에서 검술을 배울 필요도 없었고, 무엇보다 폐쇄적인 하이베른가의 특성상 귀족들과 어울리는 것을 꺼려 왔기 때문.

"고모의 결정이었습니다. 위폰 역시 받아들였고요."

나직이 고개를 끄덕이는 루인.

나쁘지 않은 결정이었다.

하이렌시아가라는 거대한 권력의 공백.

불안해하는 귀족들을 달래기 위해서라도 하이베른가가 새로운 구심점으로 나설 필요성이 있었다.

물론 기사 생도들의 쉴 새 없는 구애를 받게 될 위폰에겐 귀찮고 성가신 일이 될지도 모르겠지만.

"데아슈는 어디에 있느냐?"

데아슈.

공작가의 고귀한 영애.

사자왕 카젠은 왕가와의 혼맥조차 거부하며 그런 딸을 지켜 왔다.

다름 아닌 데아슈 스스로가 자신의 성을 바꾸기 싫다고 대외적으로 천명했기 때문.

혼인을 하게 되면 반드시 우월적인 남성의 지위를 인정해야만 했고, 그것이 바로 르마델이 지켜 온 오랜 왕법이었다.

물론 카젠도 처음엔 완강하게 반대했다.

남편의 성을 따르는 왕국의 전통을 부정하면서까지 데아슈를 언제까지고 외롭게 만들 수는 없었기 때문.

당연히 카젠은 오랫동안 데아슈를 끈질기게 설득했지만 모두 무용지물이었다.

"……어째서 그게 나 때문이라는 것이냐?"

루인이 황당하다는 듯이 데인을 쳐다보고 있을 때 그가 깊게 한숨을 내쉬었다.

"녀석이 남자를 보는 기준이 바로 형님입니다. 오라버니 같은 사내가 아니면 절대로 혼인할 수 없다더군요. 그런 자의 성을 따르느니 차라리 혀를 깨물고 죽어 버릴 거라고……."

"그런 말도 안 되는……."

"억지로 사교계에 내보내 봐도 별다른 수확은 없었습니다. 다들 가문의 배경을 믿고 거들먹거리기만 할 뿐 배울 점이라곤 하나도 없는 쓰레기들이라더군요. 오히려 그런 쓰레기장에 왜 자길 보냈냐며 몇 달 동안 시달리기만 했습니다."

"……."

말문이 막혀 버리고 만 루인.

그 옛날의 자신의 행동이 데아슈의 인생에 큰 전환점이 될 거라 생각은 했었다.

하지만 이런 부작용이 기다리고 있을 줄은 정말 상상하지도 못했다.

"지금 녀석은 어디에 있느냐?"

"아마 하인들과 함께 밭에 가 있을 겁니다."

"밭?"

"공작령의 영지민들이 풍성한 수확을 만끽하는 시기니까
요."

"뭐라고?"

하인들과 함께 농작물을 수확하고 있단 말인가?

공작가의 영애, 사자왕의 하나뿐인 딸이?

루인이 지끈거리는 관자놀이를 매만지다 참지 못하고 일
어났다.

"당장 길을 잡거라."

"예, 형님."

데아슈는 하인들과 똑같은 일상복 차림으로 바쿤 열매를
수확하고 있었다.

부지런히 가지를 젖혀 열매를 낚아채는 그 모습은 예사 몸
놀림이 아니었다.

하인들과 함께하는 이런 험한 일이 그녀에겐 일상이라는
뜻.

더 놀라운 건 그런 데아슈를 대하는 하인들의 태도였다.

너무나도 자유롭게 그녀와 웃고 떠든다.

바쿤 열매를 하나씩 입에 문 채 데아슈의 땀을 훔쳐 주며
즐거워하고 있는 그들의 모습은 아예 친구나 다름없었다.

멍하니 그 광경을 바라보고 있던 루인이 데인을 향해 쏘아
붙였다.

"베른은 함부로 허리를 숙이지 않는다! 공작가의 법도가
저만큼이나 무너질 때까지 네 녀석은 대체 뭘 하고 있었단 말
이냐?"

하지만 슬며시 웃고 있는 데인.

"사람들의 빛이 되거라. 진심으로 너의 뒤를 따르는 자들
을 거느리거라. 널 진정으로 아름답게 하는 것들은 드레스와
구두가 아닌 바로 그런 것들이다."

그 옛날 자신이 데아슈에게 했던 말을 앵무새처럼 따라 하
고 있는 데인.

루인의 눈꼬리가 파르르 떨린다.

"너, 너 이놈!"

"저는 지금의 데아슈가 훨씬 보기 좋습니다. 그 모습이 눈
부실 정도로요."

루인이 차가운 눈으로 다시 데아슈를 쳐다보고 있을 때 데
인은 등에 메고 있는 대검을 내려놓으며 푹신한 들판에 앉아
버렸다.

"형님은 저 녀석의 별명이 뭔 줄 아십니까? 무려 하이베른

가의 성녀입니다. 녀석은 공작가의 영애로서 누릴 수 있는 모든 권리와 혜택을 포기한 지 오랩니다. 하인들의 가족까지 제 몸처럼 아끼는 공작가 영애지요. 빛이요? 아니, 데아슈는 저들의 신(神)입니다. 과장을 조금 보태면…… 이제 이 사자성에서 녀석의 영향력은 아버지보다도 드높습니다."

"신……?"

씨익 하고 웃는 데인.

"봉신가의 가주들마저도 녀석을 함부로 하지 못하고 있습니다. 데아슈는 이 거대한 사자성을 유지하는 촘촘한 혈관을 모조리 장악해 버렸으니까요. 가문의 정보란 정보는 모두 녀석을 통해야만 합니다."

사자성의 혈관이라 할 수 있는 거대한 하인 조직.

최상위 권력자들의 사적인 침실과 화장실까지 관리하는 자들이 바로 그들이었다.

가문의 은밀한 곳에서 오고 가는 모든 정보를 듣는 자들.

고위 혈족들의 약점, 버릇, 심리 상태, 건강 정보까지…….

하인 조직을 지배한다는 것은 모든 혈족과 봉신가들의 목숨줄을 쥔다는 것과 같은 뜻이었다.

정말 놀라웠다.

가문에 괴물은 소에느가 전부라 생각했는데 또 다른 괴물이 여기 한 명 더 있었다.

루인이 데인을 다시 쳐다보며 입을 열었다.

"고모와는 잘 지내느냐?"

순간 어둡게 굳어지는 데인의 표정.

"그날 이후로 데아슈는 고모와의 만남을 거부하고 있습니다. 위폰도 마찬가지입니다."

고모가 어머니를 암살한 당사자라는 사실은 사자왕의 자식들에게 믿을 수 없이 충격적인 일.

그나마 데인은 어느 정도 철이 든 상태여서 자신의 설득이 먹혔지만 어린 동생들에겐 아니었다.

어머니처럼 친근하게 굴었던 고모의 지난날들이 모두 가식이었다는 걸 깨달았을 때, 녀석들의 남은 삶은 지옥처럼 변해 버렸을 것이다.

루인은 아쉬웠다.

소에느와 데아슈가 합심할 수만 있다면 이 하이베른가가 얼마나 더 거대하고 풍족해질지 상상도 되지 않건만.

그런 루인의 표정에서 안타까움을 읽었을까?

데인이 루인을 향해 싱긋 웃었다.

"그래도 제 말은 듣습니다. 덕분에 가문이 봉신가를 통제하기가 훨씬 수월했지요. 데아슈의 도움이 없었다면 많이 힘들었을 겁니다."

"그랬구나."

루인의 입매가 자조적인 웃음을 피워 냈다.

잠시 잊고 있었다.

고모와 데아슈를 완벽하게 연결해 줄 수 있는 새로운 대공자의 존재를.

가슴에 더없는 뿌듯함이 차오른다.

이 사자의 가문은 이제 자신 없이도 훌륭하게 운영되고 있었다.

충분히 안심하고 떠나도 되는 것이다.

뒤돌아서는 루인.

미련 없이 다시 사자성으로 발길을 옮기려는 루인을 바라보며 데인이 벌떡 일어나 대검을 등에 멨다.

"녀석을 만나 보지 않을 겁니까?"

"보았으니 되었다."

불쑥 형님의 어깨를 잡는 데인.

"녀석은 정말 오랫동안 형님을 그리워했습니다."

하지만 루인의 발걸음은 멈추지 않았다.

악제와의 싸움이 끝날 때까진 자신은 늘 가문에서 자리를 비워야 했다.

당장이야 살갑고 기쁘겠지만 어차피 다시 떠날 거라면 그것은 데아슈에게 어설픈 희망 고문만 될 뿐이었다.

"손님이 기다리고 있다."

언제부턴가 저 멀리 사자성의 외곽 쪽에서 선연하게 느껴지는 괴기스러운 기운.

"예? 어떤 손님 말입니까?"

루인은 말없이 데인의 손을 잡더니 그대로 수인을 맺으며 단거리 텔레포트의 시동어를 외웠다.

팟!

끔찍한 워프 소음에 일그러진 얼굴로 귀를 틀어막고 있던 데인이 서둘러 주변을 살폈다.

몽델리아 산맥의 임연부 능선을 따라 기다랗게 토벽이 이어져 있는 사자성의 외각이었다.

루인이 울창하게 우거져 있는 숲의 중심을 바라보며 무심하게 입을 열었다.

"나와도 좋다."

스스스스슥

갑자기 끔찍한 부정형의 괴물이 눈앞에 나타나자 데인이 기겁하며 대검을 움켜쥐었다.

하지만 이내 그 괴물은 형님을 향해 경배하듯 엎드리고 있었다.

〈주인님을 뵙습니다!〉

살아남기 위한 극한의 경배.

루인이 흡족한 듯 웃으며 벌레의 왕, 아므카토를 응시했다.

"잘 살아 있었군. 못 본 사이에 권능도 조금 늘어난 것 같고."

인간 이외의 어떤 존재도 입장할 수 없는 가변세계의 섭
리.

그 때문에 루인의 영혼에서 웅크리고 있던 아므카토는 신
상의 의지에 의해 머나먼 대륙으로 튕겨져 나가 버렸다.

**〈주인님과의 맹약을 지킬 수 없는 상태라 잠시 원래의 계
약자인 비스토에게 깃들어 있었습니다!〉**

루인이 묘한 표정으로 고개를 비틀었다.

놀라울 정도로 공손한 아므카토의 태도.

그는 분명 마왕의 격에 근접하고 있는 마계의 잔학한 마장
(魔將)이었다.

하지만 인간을 깔아 보던 지난날의 오만한 태도는 온데간
데없었다.

루인이 피식 웃었다.

"하긴 벌레를 다루는 능력만으로 에오세타카의 총애를 받
았을 리는 없지."

갑자기 루인이 세계의 인과율마저 비틀 수 있는 초월자가
되어 나타났으니 마장의 자존심을 깔끔하게 내려놓은 것.

아므카토가 잔혹한 마계에서 끝까지 살아남을 수 있었던
것은 이런 독특한 처세술도 한몫했을 것이다.

실제로도 루인은 본체보다 현저하게 약한 강림체, 그것도
마장 아므카토 정도라면 일격에 소멸시킬 수 있었다.

〈고귀한 주인님의 권능 앞에서 제 주제를 알았을 뿐입니
다! 부디 잠시나마 계약을 이행하지 못한 이 미욱한 마졸을
용서하여 주십시오!〉

-도저히 눈을 뜨고는 볼 수 없는 광경이구나.

버러지를 대하는 듯한 쟈이로벨의 말투.
그래도 아므카토는 자신과 같은 마계의 마족이었다.
그런 위대한 마계의 전사가 고작 지배해야 할 재물에 불과
한 인간을 두려워하고 있으니 본능적으로 거부감이 드는 것
이다.
"뭐 잘됐군. 그렇지 않아도 네놈을 다시 찾는다면 꼭 부탁
하고 싶은 것이 있었는데."

〈맡겨만 주십시오! 충심을 다해 의무를 수행하겠습니
다!〉

씨익 하고 웃는 루인.
아므카토가 계약을 잊지 않고 자신을 찾아온 건 정말이지

행운이었다.

르마델의 남부.

외부의 어떤 공격에도 부서지지 않는 철의 방벽을 그곳에 쌓아야 했다.

그 일에는 아므카토의 도움이 절실했다.

"너, 혹시 동물은 통제할 수 없나?"

〈도, 동물 말입니까?〉

벌레들의 왕.

아므카토가 벌레를 다루는 능력 하나만으로 마계의 마장으로 이름을 날릴 수 있었던 것은 그만큼 그의 재능이 정보전에서 탁월한 효과를 발휘했기 때문이었다.

하지만 동물이라니 그건 상상도 할 수 없었다.

인간들의 영혼 수준은 아니지만 그래도 동물은 곤충과는 다르게 희미한 자아를 가지고 있었다.

그런 자아를 지닌 동물들이 자신의 권능에 어떻게 반응할지를 아므카토는 예상할 수 없었다.

〈주인님! 동물을 통제해 본 적은 없습니다!〉

"통제해 내야 할 텐데."

〈예……?〉

"쓸모가 없는 놈들하고 길게 이야기하는 성격이 아니라서."

ㅊㅊㅊㅊㅊㅊㅊ—

압도적인 흑암의 기운, 초월자의 권능이 뭉게뭉게 피어오
른다.

자신의 강림체를 끈적하게 옥죄고 있는 무시무시한 권능
에 아브카토가 찢어질 듯한 비명을 질렀다.

〈커으으윽! 해, 해 보겠습니다! 아니 할 수 있습니다!〉

"그래. 해내야겠지."

〈한데 동물이라시면 어떤 종류의 동물을……?〉

문득 루인이 저 멀리 사자성을 감싸고 있는 시커먼 봉우리
들을 바라보고 있었다.

검은 수리 계곡.

수많은 기사들의 생명을 먹어 치운 죽음의 관문.

"다크 와이번(Dark Wyvern)."

드래곤을 제외한다면 먹이 사슬의 최정점에 서 있는 최상
위 포식자.

가공할 비행 능력, 드래곤의 외피에 버금가는 막강한 비늘.

인간만큼이나 효율적인 전투를 구사하는 최강의 생명체.

뛰어난 라이더들이 무수히 도전했지만 그런 다크 와이번을 길들인 역사는 지금까지 없었다.

더욱이 그들이 더욱 까다로운 건 시커먼 벌 떼처럼 그들을 감싸고 있는 군집 무리, 플라잉 바이퍼들의 군주이기 때문.

그러므로 단 한 기의 다크 와이번이라고 해도 이미 하나의 군단이라 할 수 있었다.

"형님. 설마 지금 검은 수리 계곡의 그 무시무시한 다크 와이번들을 길들이시겠다는 겁니까?"

루인이 다시 아므카토를 바라보며 웃었다.

"한 놈도 빠짐없이 모두."

데인은 절로 침이 꿀꺽 넘어갔다.

검은 수리 계곡의 머나먼 상공을 새까맣게 물들이고 있던 다크 와이번들.

지금도 그 무시무시한 광경을 떠올릴 때면 온몸에 전율이 치밀었다.

"하이베른가의 직속 기사, 라이언하트(Lion Heart)들을 모두 다크 와이번의 라이더로 만들 것이다."

◆ ◆ ◆

하이베른가의 가주 카젠과 친위 기사 유카인은 드디어 공적인 자리에서 벗어나 갑주를 모두 벗고 편하게 와인을 주고받고 있었다.

"나는 지금도 믿기지가 않네. 카젠."

"……."

취조실에서 본 루인의 모습이 믿기지 않는 건 카젠도 마찬가지.

초월자(超越者).

인간이라는 종의 한계를 뛰어넘어 전혀 다른 차원의 존재로 거듭나는 이론상 최강의 경지.

하지만 그건 현실적이지 않았다.

대부분의 사람들에게 초월자란 비밀스러운 역사와 설화들, 고대 서적 같은 곳에서나 접해 본 전설상의 경지.

초인만 해도 모든 기사들이 꿈꾸지만 결코 쉽게 닿을 수 없는 아득한 경지였다.

한데 루인이 그런 전설적인 존재가 되어 나타난 것이다.

"알칸 제국의 전 병력을 하루 만에 전멸시킬 수 있다는 대공자의 호언장담이 사실이라고 생각하는가?"

상상도 할 수 없는 일.

분명 복잡한 전장 환경의 고려도 없이 단순하게 전력을 비교하는 건 우스운 일일 것이다.

하나 통상적으로 마장기는 정규군 5만의 병력과 동등하다고 여겨지는 것이 정설.

한데, 그런 인류 최강의 결전병기라 할 수 있는 마장기를 수십 대나 합친 전력이 고작 단 한 명의 인간에게 주어진다고?

사실이라면 루인의 존재 자체가 재앙이었다.

만약 루인이 그런 위력을 투사할 수 있는 존재가 확실하다면 병력이고 전략이고 다 필요 없었다.

"나도 믿을 수 없는 건 마찬가지네. 하지만 자네도 알다시피 녀석은 언제나⋯⋯."

"그렇지. 대공자의 입에서 거짓이 흘러나온 적은 없지. 그는 한결같이 진실했네."

이어진 숨 막히는 정적.

그런 엄청난 존재가 자신들의 대공자라는 건 다행이었으나 카젠과 유카인의 가슴을 짓누르고 있는 감정은 이질감과 두려움이었다.

그것은 단순히 대공자 루인을 신뢰할 수 있느냐 없느냐의 문제가 아니었다.

인간이기에 지닐 수밖에 없는 한계.

이들이 아는 한, 오류가 없는 완전무결한 인간은 인류의 역사에 존재하지 않았다.

감정을 지닌 생명체였기에 언제든지 실수를 저지를 수 있는 존재.

감정에 먹혀 버린 대공자가 돌이킬 수 없는 짓을 하려고 든다면 이 세상에서 그를 막을 수 있는 존재는 아무도 없을 것이다.

그러나 카젠은 애써 거칠게 도리질하며 두려움과 걱정을 떨쳐 내고 있었다.

오랜 친구였기에 유카인은 그런 카젠의 몸짓만 봐도 알 수 있었다. 그가 무엇을 두려워하고 있는지를.

"대공자가 그럴 리 없다는 건 누구보다 자네가 더 잘 알지 않은가. 그는 결코 그럴 사람이 아니네, 카젠."

그때였다.

덜컥-

"가, 가주님!"

허락도 없이 집무실의 문을 열고 도착한 라이언하트 기사단의 단주.

얼마나 쏜살같이 달려왔는지 그의 투구를 장식하고 있는 갈기털이 엉망이었다.

"······제라드?"

투지의 기사, 제라드.

그는 비록 방계지만 엄청난 재능을 지닌 천재였다.

단 그는 정치적인 역량이 부족해서, 십 년 전의 아귀다툼

속에서도 오직 수련에만 몰두했던 억척스러운 기사였다.

카젠은 소에느파와 순혈주의자, 어디에도 속하지 않았던 그의 신념을 높이 사, 하이베른가 최강의 기사단 라이언하트를 그에게 주었다.

"이게 무슨 짓인가?"

제라드는 사자왕의 집무실을 함부로 박차고 들어올 인물이 아니었다.

그는 카젠을 향한 드높은 충성심으로 이미 정평이 나 있는 기사였다.

무릎을 꿇은 채로 고개를 숙이고 있던 제라드는 뭔가 보고를 하려다가 이내 포기하고 말았다.

"……직접 보셔야 할 것이 있습니다!"

"대체 무슨 일이길래?"

천천히 자리에서 일어나는 카젠.

"대공자 루인 님께서 그 지옥의 괴물을 타고 나타나셨습니다!"

"지옥의 괴물?"

제라드는 아직도 믿기지 않는 듯한 표정으로 연신 침만 꿀꺽 삼키고 있었다.

하이베른가의 기사들이 지옥이라고 일컫는 장소는 단 한 곳.

유카인이 벌떡 일어났다.

"설마 다크 와이번……?"

카젠과 유카인이 서로를 바라보며 황당하게 굳어져 버렸다.

◆ ◈ ◆

라이언하트 기사단의 군율과 군기는 엄격하기로 유명하다.

하지만 그런 엄정한 군기로 무장한 기사들조차 하나같이 대검을 움켜쥔 채로 몸을 덜덜 떨고 있었다.

그 어떤 창칼보다 길고 날카로운 부리.

간혹가다 내지르는 전율적인 피어(Fear).

펄럭일 때마다 훈련장의 거의 절반을 덮어 버리는 거대한 날개.

지근거리에서 마주한 다크 와이번이란 말 그대로 공포 그 자체였다.

이 정도까지 거대한 생명체라고는 모두가 상상하지 못했다.

그도 그럴 것이 까마득한 상공에 있을 때는 그저 작은 점으로만 보였기 때문.

하지만 그런 기사들을 진정으로 두렵게 만드는 존재들은 따로 있었다.

부우우우우우웅-

엄청난 진동 고주파가 사방으로 휘몰아친다.

군집 무리 플라잉 바이퍼(Flying Viper).

다크 와이번을 군주로 따르는 괴물 박쥐들이 주위의 상공을 천천히 선회하며 언제든지 인간들을 공격할 수 있도록 날카로운 이를 드러내고 있었다.

그 광경은 흡사 거대한 먹구름 같았다.

수천, 수만…….

그 수가 가늠조차 되지 않았다.

"……!"

벌써부터 훈련장에 도착한 카젠과 유카인은 이미 멍해진 상태.

검은 수리 계곡 밖에서 다크 와이번을 보는 것도 놀라운데, 그런 엄청난 괴물이 훈련장에 다소곳이 앉아 있는 광경이란 가히 기괴했다.

인간을 공격하지 않는 것 또한 더더욱 믿기 힘들 지경.

카젠이 다크 와이번의 축축한 털을 쓰다듬고 있는 루인을 미친놈 보듯이 쳐다보고 있었다.

"대, 대체 이게 어떻게 된 일이냐?"

"놈을 길들였습니다."

"뭐……?"

아무렇지도 않게 대답하는 루인.

"정확히 표현하자면 일종의 계약 같은 겁니다. 전 이 녀석에게 일정 주기로 먹이를 공급해 주기로 약속했고, 그 대가로 노동력을 제공받기로 합의했습니다."

"노동력……?"

"아, 사람의 개념으로는 전투겠지요. 이놈은 훌륭하게 전투에 쓰일 준비가 되어 있습니다."

"……."

루인은 흡사 친한 사람과 나눈 대화를 설명하는 듯했다.

아니 무슨 다크 와이번과 술이라도 한잔했단 말인가?

"이 녀석에게 사냥하지 않고도 생존할 수 있다는 믿음을 줬죠. 쉽지 않았습니다. 어쨌든 보시는 대로 이게 그 결과입니다."

루인이 수인을 맺자 그의 앞에 놓여 있던 나무통이 떠오르더니 이내 거꾸로 뒤집혔다.

나무통에서 떨어진 건 새하얀 산양.

아직 피가 식지 않은 걸 보니 갓 잡아 온 것이 틀림없었다.

끼에에에에에엑!

꽈직!

괴성을 지르던 다크 와이번이 부리를 찍었다. 그러자 커다란 산양이 통째로 꿰뚫렸다.

키르르륵!

단숨에 산양을 삼킨 다크 와이번이 기분이 좋아진 듯 묘하게 울고 있었다.

녀석은 산양의 피로 흥건한 자신의 부리로 루인의 상체를 마구 비비고 있었다.

"이미 절 친구로 생각하거든요."

인상을 찡그리며 부리를 떼어 내고 있는 루인을 또다시 멍하니 바라보고 있는 유카인.

"대공자께서는 정말로 그놈이 사람을 공격하지 않는다고 확신하고 계신 겁니까?"

"예? 설마요."

루인이 계속 부리를 비벼 대며 치근덕거리는 다크 와이번을 향해 대마도사 특유의 제스처, 수인(手引)을 뻗고 있었다.

그러자 다크 와이번의 동공이 크게 벌어진다.

이내 혼비백산한 녀석이 거대한 날개를 펄럭이며 연신 뒤로 물러났다.

씨익.

"글쎄요. 사람을 공격하면 어떻게 되는지 충분히 알았을 거라고 생각합니다."

다크 와이번의 자아를 분석하고 그들의 언어 체계를 해석한 건 벌레의 왕 아므카토.

하지만 실질적으로 다크 와이번을 다스린 건 루인이었다.

물론 그 과정이 절대로 녹록하거나 자비롭지는 않았다.

"······정말로 거대한 다크 와이번이구나. 지금까지 보아 왔던 것들 중에서 이만한 개체는 본 적조차도 없다."

이 하이베른가에서 사자왕 카젠보다 검은 수리 계곡을 잘 아는 자는 없었다.

검은 수리 계곡의 시험을 통과하지 못한 기사들의 시신은 언제나 카젠이 직접 수습해 왔기 때문.

실제로 카젠은 몇몇 흉악한 개체들과 직접 전투를 벌였던 적도 있었다.

"당연합니다. 이놈이 검은 수리 계곡의 왕이거든요."

"······왕?"

"네. 이 녀석들의 사회는 무시무시한 계급 사회입니다. 사람으로 비유한다면 유모, 일반 병사, 장군, 왕······ 심지어 노예 계급까지 있죠. 지독하게 철저한 약육강식의 생리로 돌아가거든요."

신음하며 고개를 끄덕이고 있던 카젠이 문득 눈을 번뜩였다.

그렇게 철저한 계급 사회로 구동되는 다크 와이번들의 왕을 길들였다는 것.

루인의 그런 행동이 무엇을 의미하는지를 곧바로 파악했기 때문이었다.

"대공자는 설마······?"

루인이 씨익 하고 웃는다.

"왜 아니겠습니까. 저는 라이언하트 기사단 전원을 이 다크 와이번의 라이더로 만들 생각입니다."

경악하는 카젠과 유카인.

"그 즉시 셀 수조차 없는 많은 장점들이 생기죠. 다크 와이번의 라이더들에게 전장의 한계란 없습니다. 침투, 교란, 매복, 유격, 돌격…… 어떤 상황에서도 모든 작전이 가능해지죠."

"……."

"또한 어떤 위험 상황에서도 생존을 담보할 수 있게 됩니다. 하늘 위로 복귀해 버리면 그만이니까요. 물론 급속으로 강하할 때는 조금 위험해지겠지만 그땐 플라잉 바이퍼들이 시야를 교란해 줄 겁니다."

그 모습은 흡사 거대한 구름을 거느린 재앙 속의 괴물 그 자체일 것이다.

소름 돋는 전율로 몸을 떨고 있던 유카인이 금방 얼굴에 화색을 드러냈다.

"이 녀석이 검은 수리 계곡의 왕이라면 놈의 명령 한마디에 모든 다크 와이번들을 그곳에서 데리고 나올 수 있다는 뜻이 아닙니까?"

"그렇죠."

"그렇다면 왜 라이언하트 기사단에만 한정하십니까? 다른 기사들도 다크 와이번으로 무장을 시킨다면……!"

"그럴 생각은 없습니다."

"예……?"

루인이 저 멀리 펄럭이고 있는 라이언하트 기사단의 상징, 사자돌격기를 바라보고 있었다.

"전 하이베른가의 모든 기사들에게 라이언하트를 신성하게 만들 겁니다. 반드시 내가 속하고 싶은 기사단. 꿈에도 그리는 다크 와이번 라이더."

"아! 마치 그건……!"

"네. 전설 속의 용기사. 드래곤의 축복을 받은 라이더들. 저는 그런 고대의 전설을 부활시킬 겁니다."

유카인은 격동하며 몸을 떨고 있었다.

루인의 의도를 명확하게 이해하고 있었기 때문.

그것은 단순히 하이베른가에 다크 와이번 라이더 부대가 생기는 것 따위가 아니었다.

대공자가 그리고 있는 그림.

그것은 더욱 치열한 기사들의 경쟁이었다.

지금부터 라이언하트 기사단은 하이베른가의 기사들에게 유일한 목표가 될 것이다.

대공자가 진정으로 노리는 건 용기사의 상징 그 자체.

유카인은 하이베른가의 전력이 얼마나 강해질지 가늠조차 되지 않았다.

"물론 현실적인 이유도 있습니다. 하늘을 누비는 라이더의 특성상 무조건 원거리 공격이 가능해야 하지요. 현재 기사단 전원이 스피릿 오러가 가능한 건 라이언하트가 유일하지 않습니까."

"아, 그렇군! 제가 생각이 짧았습니다! 지당한 말씀이십니다!"

산뜻하게 웃는 루인.

"당장 아버지와 삼촌부터 라이언하트에 들어오고 싶지 않으세요?"

카젠이 허탈하게 웃었다.

저 크고 우람한 다크 와이번을 다뤄 보고 싶다는 마음이, 벌써부터 그의 가슴속에서 꿈틀거리고 있었다.

◆ ◆ ◆

루인은 일단 다크 와이번의 왕을 검은 수리 계곡으로 돌려보냈다.

아므카토의 감각을 통해 알아낸 정보로 다크 와이번을 통제할 수 있는 정신 마법을 새롭게 창안하긴 했지만 아직 완벽하지 못했던 것.

놈은 이따금 라이언하트 기사들을 향해 흉포한 공격성을 드러냈다.

자칫하다간 인명 사고가 날 수도 있었기에 자신의 정신

통제 마법이 완벽해질 때까지는 함부로 라이더 훈련에 돌입할 수는 없었다.

"루이즈."

〈네, 루인 님.〉

"지금부턴 계단이 끊어지는 곳이야. 많이 어두우니까 조심해야 한다."

루인이 루이즈와 함께 도착한 곳은 사자성의 지하 감옥이었다.

시르하의 안부를 물었을 때 아버지의 반응은 분명 느낌이 좋지 않았다.

하지만 그런 시르하가 지하 감옥에 수감되어 있을 줄은 상상도 하지 못했다.

자신은 분명 시르하의 손에 대공자의 징표를 쥐여 줬었다.

고모 소에느가 자신에게 챙겨 준 여비 주머니.

이를 통해 아버지는 아들이 보낸 친구라는 것을 분명하게 인지할 수 있었을 것이다.

그럼에도 그를 지하 감옥에 가뒀다는 건 만만치 않은 일을 저질렀다는 의미.

〈······너무 무서운 곳인 것 같아요.〉

그런 루이즈의 반응에 금방 루인의 동공에 의문이 서렸다.

축축한 습기, 다소 어두운 점을 제외한다면 지하 감옥은 그다지 특이할 만한 게 없는 장소였다.

루이즈가 이런 어두운 공간을 평소에 싫어했다면 또 모르겠지만, 목소리 그룹의 지하 유적에 방문했을 때도 그녀는 전혀 두려워한 적이 없었다.

"왜? 뭔가가 느껴져?"

영안 보유자, 루이즈.

그녀가 두려움을 느낀다는 것은 단순히 어두운 곳에서 오는 공포가 전부는 아닐 것이다.

〈모두가 울부짖고 두려워하고 있어요. 또 뭔가를 처절하게 갈망하는 감정들이 느껴져요. 하지만 이건 사람의 마음이······.〉

곰곰이 생각하던 루인이 낯빛을 달리했다.

"설마 너······ 원혼도 느끼는 거야?"

〈원혼이요? 아! 생기가 느껴지지 않아서 이상하게 생각했는데······ 역시 그분들은······.〉

수백 갈래로 갈라져 있는 지하 미로.

초대 사자왕의 유산, 사흘의 심득을 찾아내기 위해 수많은 선조들이 이곳에서 목숨을 잃었었다.

별다른 기술이나 장비도 없이 순수한 인력으로 파낸 이 엄청난 토굴들에서 전에도 루인은 처절한 느낌을 받은 적이 있었다.

설마하니 그 많은 선조들의 원혼이 아직까지 살아 숨 쉬고 있을 줄이야!

문득 루인은 궁금해졌다.

"혹시 그들과 대화할 수도 있나?"

사념보다는 확실히 자아가 부족하긴 했지만 엄연히 원혼도 한 인간이 살아간 기억을 품고 있었다.

그들의 기억을 훔쳐 낼 수만 있다면 가문에 도움이 될 만한 단서들을 발견할 수도 있을 것이다.

〈원혼과 대화를요? 그런 건 한 번도 시도해 보지 않았는데…….〉

"그냥 물어본 것뿐이야. 부담 갖지 않아도 돼."

〈혹시 모르니 한번 노력해 보겠어요!〉

피식 웃어 버린 루인.

어째 루이즈는 자신이 기억하고 있는 적요하는 마법사의 모습과 점점 멀어져 가는 듯한 느낌.

그녀는 언제나 자신의 편이었지만 그렇다고 이렇게까지 순종적이진 않았다.

그렇게 이런저런 이야기를 나누는 사이에 간수장이 있는 곳에 도착했다.

못 본 사이에 그의 얼굴에 주름살이 많이 늘어나 있었다.

"……대, 대공자님?"

루인은 아직도 간수장의 뇌리에 강렬한 기억으로 남아 있는 인물이었다.

그 대단한 소에느를 말 몇 마디로 절망하게 만들어 버렸던 대공자.

"시르하를 찾아왔다."

그 즉시 간수장은 재빨리 서류철을 뒤졌다.

하이베른가의 규모가 나날이 커지면서 엄격한 가율을 견디지 못해 지하 감옥에 수감되는 이들도 급격하게 늘어나고 있었다.

최근에 이르러서는 일손이 부족할 지경.

신입 교육이 끝나는 대로 간수들이 증원되고는 있었지만, 그들이 간수로서의 몫을 제대로 해내기까진 많은 시간이 흘러야 했다.

신입들이 엉망으로 작성해 놓은 죄인 명부.

얼굴을 찌푸린 채 간신히 목록을 살피던 간수장이 이내 환해졌다.

"시르하! 32호실입니다!"

"안내하도록."

다행히 시르하는 가까운 곳에 있었다.

간수장이 열쇠를 맞추자 철컥하고 문이 열렸다.

갑자기 풍겨 오는 시큼한 내음.

"이건 무슨 냄새지?"

코를 막으며 표정을 찡그리고 있는 루인을 향해 간수장이 새하얗게 질린 얼굴로 보고했다.

"비록 죄인이지만 특별하게 대접하라는 명이 있었습니다!"

분명 이건 과일이 썩고 있는 냄새.

루인이 횃불을 비추자 과연 감옥 내부의 이곳저곳에 과일 껍질과 씨앗 따위들이 어지럽게 널려 있었다.

"32호실의 죄인은 빵과 스프를 거부합니다. 그는 오직 과일만……."

피식 웃어 버리는 루인.

역시 시르하는 변함이 없었다.

수인이 먹는 음식이라곤 날고기와 과일, 단 두 가지뿐.

오랫동안 수인족과 함께 생활해 온 녀석은 과일을 무섭도록 좋아했다.

특히 황금 거인 산의 특산종인 비요 열매는 시르하가 가장 좋아하는 과일이었다.

그 순간.

콰아아아아앙!

다짜고짜 투기 폭풍을 일으키며 짐승같이 뛰어들던 시르하가 보이지 않는 장막에 막혀 버렸다.

초월자의 절대적인 방어의 상징이자 동시에 루인이 새롭게 깨달은 권능마벽(權能魔壁)이었다.

두 눈을 휘둥그레 뜨고 있는 시르하.

"너!"

루인의 무심한 두 눈이 시르하가 앉아 있던 자리를 응시하고 있었다.

어지럽게 널브러져 있는 목각 인형들.

여전히 녀석은 그 옛날처럼 투기로 어머니를 깎아 만들고 있었다.

하지만 루인은 감정을 드러내지 않은 채로 시르하를 물끄러미 바라만 보고 있었다.

"너! 날 지켜 주겠다던 놈이 왜 이제야 나타난 거야!"

맹렬히 투기를 일으키며 또다시 뛰어들려는 시르하를 단 한마디로 멈춰 세워 버린 루인.

"네 어머니는 죽었다. 시르하."

맹렬하게 타오르던 시르하의 투기가 더욱 거대해졌다.

금방 화산처럼 터져 나오는 분노.

"너! 지금……!"

"네 어머니는 죽었다."

콰아아아아아앙!

콰아아아아아아앙!

감옥 내부에 엄청난 충격파가 몰아치는데도 루인은 그저 냉정한 얼굴로 루이즈와 간수장을 보호할 뿐이었다.

늑대 일족의 정수를 취한 시르하의 무력은 가히 수인족의 왕 그 자체.

인류 진영 내에서 대마도사 루인을 제외한다면 유일하게 검성과 비등하게 싸울 수 있는 최강의 무투류, 질풍류(疾風流)다웠다.

과연 전에 만났을 때와는 비교조차 할 수 없는, 그야말로 바람의 대행자다운 무시무시한 성장이었다.

그러나 안타깝게도 상대는 초월자.

어느덧 시르하는 시뻘겋게 달아오르기 시작한 두 주먹을 움켜쥔 채로 루인을 죽일 듯이 노려보고만 있었다.

체내의 투기를 모두 폭발시켜 루인의 잿빛 장벽을 뚫으려 했지만 흠집조차 생기지 않았던 것.

"어머니는 돌아가셨다. 하지만 결코 네가 죽인 것이 아니다. 너는 그 지옥에서 이제 그만 걸어 나와야 한다, 시르하."

시르하의 진정한 성장을 가로막고 있는 과거의 기억.

분명 지금도 시르하는 어머니가 자신 때문에 죽었다고 여길 것이다.

자신에게 힘이 있었다면, 보다 일찍 아버지를 용서했더라면……

그런 철없는 고집이 아니었다면 어떤 일도 생기지 않았을 거라고 죽도록 스스로를 미워하고 있을 것이다.

어디서나 헤실거리며 여자를 희롱하는 건 녀석이 뒤집어쓴 가면일 뿐.

"언제 자신을 용서할 거지?"

황금 거인 산에서의 시르하는 정신적인 고통을 견디다 못해 스스로 의식을 닫아 버렸었다.

그런 무의식의 상태에서 오로지 주먹만 휘두르던 시르하의 모습이 지금도 루인은 눈이 아리도록 선했다.

"닥쳐 이 새끼야! 네놈 따위가 어머니에 대해 뭘 안다고—!"

루인은 한동안 대답 없이 서 있었다.

하지만 이어 그의 입에서 흘러나와 버린 무심한 음성에 시르하는 온몸이 굳고 말았다.

"늑대 일족의 촉망받는 수인을 사랑한 여인. 추방된 늑대 일족의 계승자. 그렇게 행복을 꿈꿨지만 인간들의 철저한 멸시와 배척만을 견디던 한 가족."

"……."

"그런 인간들의 사회에 환멸을 느낀 늑대 일족의 계승자는 결국 가족을 버리는 극단을 선택했었지. 남겨진 아들은 견딜 수가 없었다. 수인의 피를 지워 버리고 싶을 만큼 아버지를 증오했으니까."

"그만……."

루인에겐 전혀 멈출 생각이 없었다.

"수인의 아들에게 남은 삶은 당연하게도 비참한 것이었다. 인간, 수인 어느 쪽에서도 환영받지 못하는 존재. 그저 바라는 건 어머니와의 작은 안식뿐이었지만 인간들은 그들을 내버려 둘 생각이 결코 없었지."

온몸이 떨려 오기 시작한다.

시르하는 숨도 제대로 쉬지 못할 만큼 억눌린 감정을 가까스로 참아 내고 있었다.

"네 어머니는 평생을 속죄하는 마음으로 사셨다. 저주와 같은 아들의 삶이란 모두 당신의 선택으로 비롯된 일이라 여기셨으니까. 그래서 그녀는 망설임 없이 자신의 발을 자르고 아들을 살리는 선택을 할 수 있었다."

터져 버린 시르하의 비명.

"닥쳐! 닥치라고—!"

꾸르르르르릉!

터져 버린 늑대의 포효에 지하 감옥 전체가 흔들리며 진동하고 있었다.

"네가 수인의 힘을 억누르는 시술을 받지 않았더라면, 조금 더 일찍 아버지를 용서했더라면 과연 네 어머니는 살 수 있었을까? 아니, 이미 네 어머니는 남편이 자신을 떠나갔을 때부터 여자로서 죽은 삶이었다. 남은 건 오직 사랑하는 아들, 너뿐이었지."

드디어 시르하는 분노보단 의문에 휩싸여 있었다.

눈앞의 남자는 정말이지 자신의 인생에 대해 모든 것을 알고 있는 것이다.

그때, 시르하의 귓가에 환상처럼 아른거리는 목소리가 들려왔다.

-그래, 시르하.

무의식에 빠져 있던 시절, 그 지옥 같았던 저주에서 자신을 살린 그 목소리.

"너! 전에 황금 거인 산! 맞지? 그때도 너였지?"

루인이 자신의 권능 마벽을 서서히 풀며 시르하에게 다가갔다.

그리곤 자신과 함께 온 루이즈를 그에게 소개했다.

"누굴 많이 닮았지?"

"어……?"

어둠 속에서 얼굴을 드러낸 루이즈.

시르하는 당황하고 있었다.

분명 전에 봤을 때는 의식하지 못했다.

하지만 한결 성숙해진 그녀의 얼굴에는 분명한 어머니의
흔적이 담겨 있었다.

그저 웃고만 있는 루인.

그 옛날, 시르하가 루이즈에게 호감을 느낀 건 바로 어머니
를 닮은 그녀의 외모 때문이었다.

〈아……!〉

루인이 말없이 루이즈의 손을 잡아끌어 시르하의 오른손
에 포갰다.

그렇게 둘은 멀뚱한 눈으로 서로를 바라만 보고 있었다.

천천히 루인을 향해 고개를 돌리는 시르하.

그들은 결코 몰랐다.

이 순간까지 루인이 얼마나 오랜 시간을 돌아왔는지를.

이제 시르하는 루이즈의 사랑으로 자신을 용서할 수 있을
것이었다.

오래전에 가족을 잃은 루이즈도 새로운 가족을 만나 살아
가는 힘을 얻을 것이다.

바람의 대행자, 질풍의 시르하.

적요하는 마법사, 침묵의 루이즈.

오늘로써 둘은 완전해진다.

대마도사의 일은 여기까지.

스스스—

그렇게 시르하와 루이즈는 어둠 속으로 사라져 버린 루인을 멍하니 바라만 보고 있었다.

구석에서 눈치를 보던 간수장이 급하게 루인을 따라 뛰어나갔다.

◆ ◈ ◆

알칸 제국으로 떠나기 전의 마지막 밤.

사자왕 카젠의 부름을 받아 도착한 가주의 집무실 안에서 루인은 의외의 인물을 마주할 수 있었다.

"당신……?"

마탑주 에기오스.

학부장 헤데이안.

오랜 세월 마법학부의 생도들을 괴롭혀 온 괴팍하고 고집센 두 마법사.

르마델의 마도를 지탱하는 현자들이 머나먼 북부의 사자성에 나타난 것이었다.

학부장 헤데이안이 부쩍 키가 커 버린 루인을 반갑게 맞이했다.

"무사 귀환을 축하하네. 정말 멋진 젊은이가 되었군."

"어서 오시게!"

루인은 멋들어지게 마도의식으로 인사를 건네는 두 명의 현자들을 바라보다가 아버지에게 눈짓을 보냈다.

"어떻게 된 일입니까."

"네 친구가 마탑의 일원이지 않느냐."

나직이 한숨을 쉬는 루인.

이 현자들이 궁금해하는 건 자신과 동료들이 과연 가변세계에서 무엇을 얻었느냐일 것이다.

물론 이들의 갑작스러운 방문은 다프네가 제 몫을 해냈다는 뜻.

분명 그녀는 초월자와 관련된 가변세계의 일들에 대해 굳게 입을 닫았을 것이었다.

그동안의 모험으로 7위계의 끝자락을 바라보는 마법사로 성장한 다프네.

이대로라면 그녀가 현자라 불리는 8위계를 정복하는 건 시간문제라 할 수 있었다.

당연히 이들은 그런 비상식적인 성장의 동력에 대해 궁금할 터.

"제 모험담을 듣고 싶어서 찾아오셨군요."

루인이 꾸밈없이 서론을 꺼내자 두 현자들은 굳이 속내를 숨기지 않았다.

에기오스가 기다랗게 한숨을 내쉬었다.

"후…… 제자 녀석이 기억을 잃었다고 계속 주장하고는 있지만 난 아니라고 믿고 있네. 녀석을 가르친 세월이 있거늘 어찌 내가 모르겠는가."

루인은 그저 무표정하게 서 있었다.

이 르마델의 두 현자는 자신을 뼈저리게 겪은 마법사들.

다프네조차도 함구하고 있는데 자신의 입이 열릴 거라곤 이들도 생각지 않고 있을 것이다.

이들에겐 분명 다른 의도가 있었다.

"한 가지만 확인하고 싶네. 다른 건 절대로 묻지 않겠다고 약속하네."

루인은 듣지 않아도 알 수 있었다.

이들이 무엇을 가장 궁금해하는지를.

"정말로 기억을 잃지 않았느냐가 가장 궁금하겠지요."

한없이 투명한 루인의 눈빛.

직시해 오는 루인의 무감한 눈빛에 두 현자는 온몸에 전율이 치밀고 있었다.

"……그렇다네. 정말로 자네와 생도들의 기억은 모두 온전한가?"

가변세계에서의 기억을 담아 온 마법사는 르마델의 역사에 존재하지 않는다.

적어도 알려진 사실에 한해서는 그 대단한 알칸 제국조차도 초월적인 아티펙트 몇 개를 들고나온 것이 전부였다.

그렇게 탄생한 인류 최강의 병기 마장기.

르마델 역시 가변세계에서 얻어 낸 초소형 부유석을 연구해 에어라인을 탄생시킬 수 있었다.

이렇듯 가변세계의 작은 파편 같은 지식조차도 마도 문명의 혁명을 일으킬 정도로 대단한 것이었다.

하물며 한 마법사가 아티펙트 따위도 아닌 온전한 기억을 모두 가지고 나왔다면?

상상하는 것만으로도 두 현자의 심장은 끊임없이 두근거리고 있었다.

어쩌면 지금 루인의 머릿속에는 세상을 송두리째 바꿀 만한 지혜가 숨어 있을지도 몰랐다.

에기오스는 마법사의 모든 염원을 담아 간절한 심정으로 루인에게 부탁하고 있었다.

"그 소중한 기억을 우리 마탑에 베풀어 주게. 내게 유적의 좌표를 얻어 갔을 때 분명 자네는 앞으로 마탑과 협력하겠다고 하지 않았는가?"

"자네의 지식으로 인해 인류의 마도가 혁명적으로 진화할 수 있다면 자네, 아니 하이베른가의 명성과 위상은 더욱 드높고 거대해질 것이네. 더욱이 자네는 르마델의 부강을 책임지고 있는 이 나라의 제일가는 귀족일세."

정말 간절해 보이는 두 현자.

물론 마탑주 에기오스는 원래도 세속적인 마법사였다.

하지만 루인의 기억에 남아 있는 학부장 헤데이안은 달랐다. 그는 고고하고 고집 센 마법사의 전형이었다.

그런 자가 한달음에 자신의 가문으로 달려와 거의 구걸에 가까운 행동을 하는 모습을 지켜보고 있자니 문득 루인은 우스웠다.

"가변세계, 아니 그 유적은 두 현자님들이 생각하시는 것처럼 그리 특별하진 않습니다."

루인의 말은 어느 정도 사실이었다.

초월자들의 존재, 인류의 비밀이라 할 수 있는 대신전을 빼고 나면 가변세계는 그저 황폐한 차원에 불과했다.

그곳에서 흘러나온 그 대단한 마도 지식들도 그저 초월 마법사들의 술식이 담긴 아티펙트 몇 개 따위가 전부.

사실상 초월 마법사들의 전유물이라 할 수 있는 마장기를 빼고 나면 그다지 인류가 탐낼 지식이랄 것도 없었다.

"그렇게 특별할 것이 없다면 더더욱 말해 주기 쉬울 것이 아닌가?"

피식 웃고 있는 루인.

마법에 한정한다면 그다지 특이할 만한 지식이 없겠지만, 초월자에 관련된 일들은 결코 알려져선 안 될 인류의 비밀이었다.

특히 사히바가 탄생시킨 첫 초월자 집단, 즉 '존재'들.

인류가 믿고 있는 그런 영험한 신들이 모두 인간이었다는 사실은 이 세계를 지탱하는 종교의 몰락을 의미했다.

짧은 시간 안에 모든 신실한 사원이 무너질 것이며, 그렇게 믿음을 잃어버린 성직자와 신도들의 혼란은 루인도 감히 예상할 수 없었다.

더구나 인간의 문명에 존재했던 많은 마도학파의 선구자들과 검술의 시조가 살아 있었다.

그들의 출현을 알게 된다면 어쩌면 신(神)의 상실보다 더 큰 혼란이 초래될 수도 있을 것이었다.

모든 초월자들은 힘을 잃었다.

결국 초월자들은 후손들의 온갖 이해관계에 이러저리 이용만 당하고 버려질 것이 너무도 뻔했다.

"우리 대공자는 이미 스스로의 의지를 천명한 것 같소만."

거대한 사자의 좌(座).

이글거리는 눈으로 두 현자를 응시하고 있는 사자왕 카젠의 얼굴에는 단호한 빛이 서려 있었다.

그제야 사자왕의 존재를 다시 인식하게 된 르마델의 현자들이 다급하게 몸을 숙였다.

"저희가 몹쓸 무례를 저질렀습니다."

"무례를 용서하시오서. 공왕 전하."

당대에 이르러 하이베른가의 위세는 전성기의 하이렌시아가, 그 이상이었다.

그 위세에 짓눌린 르마델의 섭정 라슈티아나는 얼마 전 하이베른가를 르마델의 유일무이한 공국(公國)으로 선포했다.

더 이상 왕가에 세금을 바치지 않아도 되는, 그야말로 완벽한 자치권을 지닌 르마델의 위성 국가로 자리 잡은 것이다.

'아버지……'

공왕(公王)의 칭호로 아버지를 받들고 있는 두 현자들을 바라보며 루인은 말할 수 없는 뿌듯함을 느끼고 있었다.

하이베른가의 오랜 숙원.

마침내 아버지의 대에 이르러 가문이 공국으로서의 위상을 회복한 것이었다.

그야말로 아버지와 고모 소에느, 그리고 데인이 열과 성을 다해 완성한 위대한 성취였다.

물론 그 모든 일의 마중물은 자신이 가문에 남겨 둔 마장기와 마정석일 것이다.

그러나 1왕자 아라혼을 설득하여 대역 왕비 라슈티아나를 섭정으로 앉힌 일, 그리고 마정석으로 벌어들인 막대한 이익을 통해 모든 봉신가와 르마델의 귀족들을 압도할 수 있었던 건 소에느 뛰어난 역량 덕분이었다.

무엇보다 중요하게 작용했던 것은 하이베른가의 혈족들이 한마음으로 뭉쳐 있었다는 것이었다.

오랜 세월 하이베른가의 기사들은 늘 반으로 갈라져 있었다.

당대의 사자왕을 추종하는 기사들과 대공자를 중심으로 모인 기사들, 혹은 제3의 혈족 세력 등.

권력의 암투는 어느 가문에서나 자연스러운 일이겠지만 하이베른가도 만만치 않았던 것이다.

하지만 가주 카젠, 대공자 데인, 제3의 혈족 세력이라 할 수 있는 소에느.

이 세 권력이 하나로 강력하게 결속되어 있었으니 어쩌면 공국의 회복은 당연한 결과일지도 몰랐다.

그런데 그때.

'음?'

아주 짧은 찰나에 불과했지만 루인의 감각에 기이한 마력의 파동이 감지되고 있었다.

초월자에 이르지 못했다면 결코 느끼지 못했을 정도의 극미한 마력 파동.

방해 술식을 겹겹이 두르고 있었지만 그 강렬한 마력의 잔향은 쉽게 숨길 수 없는 것이었다.

"이건 정말 의외로군."

진득하게 헤데이안 학부장을 바라보고 있는 루인.

루인은 사히바의 정체를 알았을 때만큼이나 놀라고 있었다.

과거로 회귀한 이후로 이렇게 놀랐던 적은 몇 번 되지도 않았다.

"과연 아카데미에서도 당신은 이상했다. 오직 당신의 학파만 특이했지."

원소 마법의 카이저.

형이상학의 뷰오릭.

지성론의 데뮬란.

명왕의 엘고라.

근본주의를 대표하는 네렐에우스.

유겔라의 서(書)를 남긴 악스타온.

이렇듯 마법사들에게 추앙받는 정통학파들은 대부분 긴 역사를 지녔고 추구하는 가치도 명확했다.

하지만 르마델의 또 다른 현자인 혜데이안의 라고스는 모든 생도들에게 생경한 것이었다.

도서관에서 헤데이안과 전위 파장에 대해 논쟁했던 루인도 그의 학파 라고스에 관해 여러 날을 추적하려고 했었다.

그러나 그 넓은 도서관을 모두 뒤지다시피 했는데도 라고스 학파에 대한 단서라곤 단 하나조차도 찾을 수 없었다.

나중에 다프네에게도 물어본 적이 있었지만 입탑 마법사인 그녀조차도 아는 것이 없었다.

마도적 신념이 명확한 현자가 출처도 불분명한 학파를 신봉하고 있다는 건 오랜 세월 마법사로 살아온 루인에게도 생경한 것이었다.

"라고스 학파. 과연 그 정체가 무엇일까."

이 세상 어디에도 존재하지 않았던 학파, 그럼에도 명확한 고집과 신념을 지닌 채 자신의 전위 파장을 반박하던 현자.

그 순간 학부장 헤데이안의 눈빛이 일변했다.

놀랍게도 그의 입에서 흘러나온 말투는 마치 황제처럼 거만했다.

"경고한다. 더는 후회할 짓을 하지 말거라."

그런 학부장의 반응에 루인의 얼굴은 더한 흥미로 물들고 있었다.

"왜지? 세상에 알려져서 안 될 이유라도 있나?"

헤데이안 학부장은 굳은 얼굴로 침묵하고 있었다.

치밀하게 숨겨 온 진실.

그는 철저하게 르마델의 학부장으로 살아온 지난날을 도저히 포기할 수가 없었다.

"당신이라는 족속들, 정말 대단들 해. 답답해 미칠 지경이 한두 번도 아니었을 텐데 어떻게 그토록 완벽하게 본 모습을 숨기고 배역에 녹아날 수 있는 거지? 종족의 본능인 건가?"

뭔가 일이 심각하게 돌아가고 있다는 것을 감지한 카젠이 의자를 움켜쥔 채로 투기를 드러냈다.

"그만."

놀랍게도 헤데이안 학부장에게서 강렬한 살기가 드러났기 때문.

카젠이 그런 헤데이안을 향해 추상같은 음성을 내뱉었다.

"내 성에서, 그것도 우리 가문의 대공자를 향해 숨김없이 살기를 드러냈다는 건 죽음이라도 각오하겠다는 뜻인가?"

학부장 헤데이안이 대답 없이 침묵을 유지하자 카젠의 진득한 눈빛이 이내 루인을 향했다.

"너 역시 왕국의 어른을 어찌 함부로 조롱한단 말이냐?"

"그는 우리 왕국의 어른이 아닙니다."

"……뭐라?"

카젠이 극도로 차가워진 루인의 눈빛을 마주하며 혼란스러워하고 있었다.

"카알라고스."

카알라고스.

존재들과 비견되는 드래곤 일족 최강의 창세룡.

-이미 그대의 가까운 곳에 계시지.

루인은 기억하고 있었다.

창세룡이 가까운 곳에서 자신을 지켜보고 있다는 비세울리스의 충고를.

〈12권에서 계속〉

조선이 문명함

조휘
대체역사 장편소설

여느 때와 다름없이 퇴근 후 게임을 즐기는 일상.
그런데 이질적인 무언가가 시선을 강하게 사로잡는다.

〈99/100〉

EHS라 적힌, 단순하기 짝이 없는 아이콘.
기호와 숫자 몇 개가 전부인 소개 문구.

대체 무슨 게임일까 하는 묘한 이끌림이 클릭을 강제했고,
정체를 알 수 없는 문자들이 쏟아져 나오는 것과 함께
세상이 한 점을 중심으로 회전하며 비틀리기 시작한다.

조금 전과는 한없이 동떨어진 상황이 눈앞에 펼쳐지는데,

"상감마마!"

나보고 왕이란다.